世界文学名著名译典藏

全译插图本

八十天环游地球

〔法〕儒勒·凡尔纳◎著　陈筱卿◎译

LE TOUR DU MONDE EN QUATRE-VINGTS JOURS

长江出版传媒 ｜ 长江文艺出版社

图书在版编目（ＣＩＰ）数据

八十天环游地球 / （法）儒勒·凡尔纳著；陈筱卿
译. -- 武汉：长江文艺出版社，2018.5（2019.4 重印）
（世界文学名著名译典藏）
ISBN 978-7-5702-0243-0

Ⅰ. ①八… Ⅱ. ①儒… ②陈… Ⅲ. ①科学幻想小说
－法国－近代 Ⅳ. ①I565.44

中国版本图书馆 CIP 数据核字(2018)第 031645 号

责任编辑：马　蓓　　　　　　　　责任校对：毛　娟
封面设计：格林图书　　　　　　　责任印制：邱　莉　　胡丽平

出版：长江出版传媒 | 长江文艺出版社

地址：武汉市雄楚大街 268 号　　　邮编：430070
发行：长江文艺出版社
http://www.cjlap.com
印刷：长沙鸿发印务实业有限公司

开本：880 毫米×1230 毫米　　1/32　　印张：8.5　　插页：4 页
版次：2018 年 5 月第 1 版　　　2019 年 4 月第 2 次印刷
字数：176 千字

定价：26.00 元

译本序

儒勒·凡尔纳（1828—1905）是法国 19 世纪一位为青少年写作探险小说的著名作家，特别是作为科幻小说题材的一代巨匠而享誉全世界。

19 世纪最后的二十五年，人们对科学幻想作品的爱好大为流行，这与这个时期物理学、化学、生物学领域所取得的巨大成就以及科学技术的迅猛发展密切相关。凡尔纳在这一时代背景之下，写了大量科幻题材的传世之作。他在自己的作品中描写了许多志趣高尚的人，他们完全献身于科学，从不计较个人的物质利益。他笔下的主人公都是一些天才的发明家、能干的工程师和勇敢的航海家。他通过自己的主人公，希望体现出当时知识分子的优秀品质，体现出从事脑力劳动的人与不劳而获的投机钻营、贪赃枉法之人的不同之处。

《八十天环游地球》是作者的传世之作之一。该书出版之后，好评如潮。法国著名的自然主义代表作家左拉在《费加罗报（文学版）》上撰文，大加称颂地说："凡尔纳先生的小说是当今最畅销的，《八十天环游地球》数部小说一下子便各印刷了十多万册，几乎所有的孩子都人手一册，被放在各个家庭书橱中最显眼的地方……"

该书出版之后，许多人都想尝试环游地球。第一位是个女性——比斯兰夫人，她于 1889 年之前，用了七十九天的时间环游了地球。直到 1971 年，还有人在按照书中主人公福格先生的路线环游地球。可见此书影响之巨大。

　　该书虽不乏其进步的、深刻的、催人奋发、勇于抗争的伟大意义，但书中毕竟尚有一部分描述是不尽如人意的。虽说是"瑕不掩瑜"，但毕竟还是应该指出来的。例如，作者通过主人公福格之口，表现出对中国人、日本人、印度人等亚洲民族的轻蔑之意，显出一副大不列颠帝国的盛气凌人的架势，尤其是对北美印第安人的描写，把他们视为盗匪强徒，这是我们所不能苟同的。请读者们，尤其是青少年读者们，在读该书时能够有一个清醒的认识。

陈筱卿

目录

Contents

Part One

第一部　如愿以偿

第一章
菲利亚·福格和"万事达"谈妥了互为主仆

1872 年，伯林顿花园萨维尔街 7 号——谢里登①于 1816 年就是在该寓所辞世的——住着一位菲利亚·福格先生。尽管他似乎并不想干点什么能够引人注意的事情，但他却是伦敦改良俱乐部②的一位最特别、最惹人注目的会员。

这个菲利亚·福格代替了为英国增光添彩的最伟大的演说家之一的谢里登，成了该寓所的主人。他是一个神秘莫测的人，没有人知道他的底细，只知道他是一位极其高尚文雅的人，是英国上流社会最卓越的绅士中的一位。

---

① 英国剧作家、政治家、演说家（1751—1816），其代表剧作为《谣言学堂》和《评论或排练的悲剧》。
② 英国的一个著名俱乐部，成立于 1830 年。

有人说他像拜伦①——只是脑袋像，因为他的脚可是无可指责的——但他却是一个长着小胡子和颊髯的拜伦，一个沉着镇定的拜伦，活到一千岁也不会变老的。

菲利亚·福格肯定是英国人，但也许不是伦敦人。人们在交易所，在银行，抑或在旧城区的任何一家商行里都从来没有见到过他。伦敦的所有船坞或码头都从来没有停泊过一艘船东叫菲利亚·福格的船只。这位绅士从未参加过任何行政管理委员会。无论是在律师团体，或者是四法学会②的中院、内院、林肯院、格雷院，都从未听到过他的名字。他从来也没有在大法官法庭、女王王座庭或者是财政审计法院、教会法庭打过官司。他既不搞工业，也不从事农业，既非行商也非坐贾。他既没参加英国皇家学会，也没参加伦敦学会；既没加入手工业者协会，也没加入罗素③学会；既非西方文学学会的一员，也非法律学会的会员；与女王陛下直接主持的科学与艺术联合会也不沾边。总而言之，他不属于英国首都从亚摩尼卡学会到旨在消灭害虫的昆虫学会的名目繁多的学会中的任何一个。

菲利亚·福格就是改良俱乐部的一个会员，仅此而已。

有人会觉得奇怪，这样一个神秘的绅士，怎么会成为这个尊贵的俱乐部成员的。之所以如此，是因为他是经由巴林兄弟④介绍才加

①　英国诗人（1788—1824），著有《恰尔德·哈洛尔德游记》《唐璜》《该隐》等。他是个畸形脚，因此常受其母嘲讽。

②　又称四法学院，在伦敦中区，包括内院、中院、林肯院、格雷院，是英国检定律师的机构，也是出庭律师设立事务所的地方。

③　英国自13世纪起的一个名门望族，16世纪时获公爵头衔。此处为英国政治家约翰·罗素（1792—1878）。其后代有一位是我们熟知的英国数学家、逻辑学家和哲学家威廉·罗素（1872—1970）。

④　巴林兄弟俩是英国19世纪著名的金融家，在伦敦开设了一家很大的银行，享誉金融界。

入的，因为他在巴林兄弟银行有个户头，账面上总有存款，所开的支票向来是"见票即付"的，所以在该银行里有点儿"面子"。

这个菲利亚·福格很富有吗？这毫无疑问。但是，他是怎么发的财，这一点连消息最灵通的人也说不清楚。而福格先生是最清楚不过的了，最好还是去向他本人打听吧。不管怎么说，他一点也不铺张浪费，但也不小气抠门，因为无论什么地方，公益、慈善、赞助上缺钱的话，他总会不声不响地，甚至是隐姓埋名地捐上一点。

总之，没有谁比这位绅士更不愿与人交往的了。他说话甚少，好像是因为沉默寡言而更加神秘莫测。然而，他的生活是有板有眼的，只不过他做什么事都是那么刻刻板板，一成不变，所以人们对他就更加胡乱猜测了。

他旅行过吗？这有可能，因为没有谁比他更深谙世界地理。即使是再偏僻不过的地方，他也好像知道得一清二楚。有时候，只需简明扼要的几句话，他就能指点迷津，廓清俱乐部里流传的有关旅行者们失踪或迷路的莫衷一是的传言。他能指出到底是什么原因，而且他的话常常像是他有千里眼似的，最后总是被证实是正确无误的。此人大概是遍游了各地——至少在脑海里遍游过。

不过，有一点是肯定的，那就是多年以来，菲利亚·福格没有离开过伦敦。比别的人有幸稍多了解他一点的人证实说，除了在他从自己住所径直前往俱乐部的路上遇见过他之外，谁也说不出在别的什么地方见到过他。他唯一的消遣就是看报和打"惠斯特"①。玩这种极其适合他性情的安安静静的牌戏，他常常是赢家。但赢来的钱从不装在自己的腰包里，而是去做好事，这在他的善行义举的支

---

① 一种扑克牌打法。四人玩，两人算一组。用 52 张牌。发牌人按顺序发牌，最后一张属于发牌人，这张牌须翻过来，定为王牌的花色，已赢 6 墩后，多赢一墩就得一分。

出中占了很大的份额。不过，必须指出，福格先生显然是为消遣而
打牌，而不是为了赢钱。打牌对他来说是一场战斗，一场与困难的
较量，不过，这是一种不动胳膊腿，不挪窝，也不累的较量，而这
正对他的脾气。

　　大家都知道菲利亚·福格没有妻室儿女（对非常老实的人来说，
这种情况是会有的），也没有亲戚朋友（这一点就罕见了）。菲利
亚·福格孑然一身住在萨维尔街的寓所里，谁也没有进过他的家门。
关于他的生活起居，从来就无人谈起过。只要一个仆人就够伺候他
的了。他午餐、晚餐总是分秒不差地在俱乐部的同一个餐厅、同一
张餐桌上吃。他从不请客会友，也不招待任何生人，总是午夜 12 点
整回家睡觉，从不享用改良俱乐部为会员们准备的舒适房间。一天
24 小时，他有 10 小时待在家里，或者睡觉，或者梳洗。他在俱乐部
里即使散步，也总是一成不变地在细木镶嵌地板的门厅里，或是在
回廊上踱方步。回廊上方是一个饰有蓝彩绘玻璃窗的圆顶，由 20 根
红斑岩爱奥尼亚式圆柱支撑着。他如果用晚餐或午餐，俱乐部的膳
房、储柜、渔场、奶站总是向他的餐桌奉上美味可口的食品；俱乐
部的侍者，身穿黑制服，脚蹬厚绒软底鞋，表情持重地用萨克斯产
的上等餐巾衬垫着的高级瓷器餐具伺候他；为他品尝雪利酒①、波尔
图红葡萄酒或是掺有桂皮、香蕨或肉桂的玫瑰红葡萄酒，用的是俱
乐部独一份儿的水晶杯；为了让他的饮料保持清凉爽口，俱乐部的
冰块取自美洲的湖泊，运费昂贵。

　　如果说按这种条件生活的人是个古怪之人的话，那应该说古怪
倒也不赖！

　　萨维尔街的住所虽说不上豪华，但极为舒适。再说，主人的生
活习惯一成不变，所以家务杂活也不多。不过，菲利亚·福格却要

————————————

　　①　即赫雷斯白葡萄酒。

求他唯一的仆人一定得严格守时，按部就班。就在 10 月 2 日这一天，菲利亚·福格辞掉了詹姆斯·福斯特——这小伙子的罪过是为他刮胡子送来的是 46℃的水，而不是应该送来的 48℃的水。福斯特在等着他的接替者，后者应在 11 点到 11 点 30 分前来。

菲利亚·福格端坐在扶手椅里，双脚并拢得像在受检阅的士兵一样，两手按在膝头，身子笔直，脑袋昂起，注视着挂钟指针的移动。这是一只复杂的挂钟，既能表示时分秒，又能显示年月日。11 点 30 分敲响，福格先生根据日常习惯，要离开家门，前往改良俱乐部。

正在这时候，有人敲响了菲利亚·福格待着的小客厅的门。

被辞退的詹姆斯·福斯特进来了。

"新仆人到。"他说。

一个 30 来岁的小伙子走了进来，行礼致意。

"您是法国人，名叫约翰？"菲利亚·福格问他。

"对不起，先生，我叫让①，"新来的仆人回答，"外号叫'万事达'。这说明我天生能处理各种事情。我认为自己是个诚实的小伙子，先生。但是，实话实说，我干过好几种行当。我当过流浪歌手，当过马戏演员，能像莱奥塔尔一样表演马上杂技，能像布隆丹一样走钢丝。后来，为了发挥自己的才能，我当了体操教师。最后，我在巴黎当上了消防队的中士，甚至还救过几次大火。但我离开法国已有 5 年了，因为想尝尝居家过日子的生活，便来英国当仆人。可我没找到活儿，又听说菲利亚·福格先生是联合王国最严格、最深居简出的人，我便投到大人的门下了，希望在这儿过上安静的生活，连我那'万事达'的绰号也要给忘掉。"

"我需要'万事达'。"绅士回答，"别人把您举荐给我。我知道

---

① 英国人名中的"约翰"，在法语中称作"让"。

您有一些长处。您知道我的要求吗?"

"知道,先生。"

"那好。几点了?"

"11点22分。""万事达"从背心口袋深处掏出一只大银表来回答说。

"您的表慢了。"福格先生说。

"恕我冒昧,这是不可能的。"

"您的表慢了4分钟。没关系。知道慢多少就行了。好,从此刻起,也就是从1872年10月2日星期三上午11点29分起,您就是我的仆人了。"

说完,菲利亚·福格便站起身来,左手拿起帽子,动作机械地戴在头上,没再多说一句话便出门去了。

"万事达"听见大门关起的声响,知道是他的新主人出门了,然后又听见一声响,那是他的前任詹姆斯·福斯特卷起铺盖走了。

"万事达"独自一人待在萨维尔街的那所房子里。

第二章
"万事达"深信他终于如愿以偿

"毫无疑问,""万事达"一开始有点儿惊诧地寻思,"我在蒂索太太家里见到的好好先生,简直同我的新主人一模一样!"

在这里应该交代一下,蒂索太太家的那些"好好先生"都是些蜡像,在伦敦深受青睐,除了不会说话,简直是栩栩如生。

"万事达"在刚才初看到菲利亚·福格的那短暂一瞬,已经匆匆但仔细地打量了他未来的主人。他大概40岁光景,面庞高贵而俊秀,高挑的身材,前额平而光,连太阳穴都不见皱纹。他面容苍白,没有红润,长着满口好牙。他似乎最高限度地达到了相士们所说的"动中有静"的程度,这是那种多干事少开口的人所共有的长处。安详、冷静,眼睛清亮,眼皮不眨巴,简直是在联合王国常常遇见的那种镇定自若的英国人的标准型,是安吉莉卡·考夫曼①的妙笔绘

———————————
① 瑞士著名女画家(1720—1807)。

出的带有点儿学究气的英国人的典型。综观这位绅士日常生活的方方面面，他给人的印象是，凡事都四平八稳，沉着冷静，简直像勒鲁瓦①或厄恩肖的一只秒表一样的准确无误。这是因为，菲利亚·福格确确实实是准确性的化身，这可以从"他的双手和双脚的动作"清楚地看出来，因为人和动物都一样，四肢本身就是表达情感的器官。

菲利亚·福格是属于绝对按部就班的那种人，从不慌慌张张，总是有所准备，从不多迈一步，多动一动。他从不多走一步路，总是拣最近的道走。他绝不朝天花板乱看一眼，从不多做一个多余的动作。人们从未见他激动过，慌乱过。他是世界上最沉得住气的人，但他从未误过事。不过，大家也知道，他离群索居，可以说是没有任何社会交往。因为他知道，在生活中，只要与人交往，就会发生摩擦，而摩擦就会误事，他从不与任何人发生摩擦。

至于人称"万事达"的让，他是个地道的巴黎人，到英国5年来，一直在伦敦当仆人，可一直没找到一个让他称心如意的主人。

"万事达"绝不是那种弗隆丹②或马斯卡里尔③式的人物。这种人挺胸昂首，装模作样，目光冷漠，其实只是一些无赖罢了。不，"万事达"可是个好小伙子，模样讨人喜欢，嘴唇稍微有点儿翘起，时刻准备尝尝什么或亲亲什么的样子。他长着一颗人人觉着可亲可爱的圆脑袋，是个温情而殷勤的人。他两眼碧蓝，红光满面，脸胖乎乎的，胖得自己都能看得见自己的颧骨。他宽肩阔背，身材魁梧，肌肉发达，力大无比，那是他年轻时锻炼的结果。他一头褐发，有点儿乱蓬蓬的。

---

① 法国著名钟表匠（1717—1785），现代钟表之父。
② 法国18世纪喜剧中的丑角。
③ 法国17世纪著名剧作家莫里哀剧中的丑角。

如果说古代雕塑家深谙密涅瓦①的18种梳理头发的方法的话，"万事达"却只知道一种梳头方法：三下五除二地就完事了。

稍微谨慎点的人都不会认为这小伙子的感情外露的性格与菲利亚·福格的性格能合得来。"万事达"会不会成为那种他主人所要求的完完全全准确无误的仆人呢？只有用一用才能知道。大家知道，他年轻时颠沛流离，现在希望歇一歇了。他听人夸奖说英国绅士们有板有眼，冷静沉着，所以便跑来英国碰运气了。可是，直到目前为止，命运总不照顾他。他在任何一处都没扎下根来。他换了有10户人家。那些主人都荒诞古怪，变化无常，寻求刺激，东奔西颠。这都不再适合"万事达"了。他最后的一位主人是年轻的下院议员朗斯费里勋爵，晚上经常光顾海伊市场街的"牡蛎酒家"，往往是由警察给架回家的。"万事达"首先想到的是为主人好，斗胆而不乏敬重地规劝了几句，这却使主人大发雷霆，所以他便辞工不干了。正在这个当口，他听说菲利亚·福格先生正需要一个仆人。他打听了一番这位绅士的情况，知道这人生活极有规律，从不在外面过夜，也不外出旅行，一天也没有离开过自己的家。这对"万事达"来说是再合适不过的了。于是，他便找上门去，正如大家知道的那样，一拍即合。

11点30分敲过，"万事达"独自一人待在萨维尔街的住所里。他立即开始巡视起来，从地窖到阁楼，上上下下查看遍了。这幢屋子清洁、整齐、庄重、朴素，便于干活，他很喜欢。他觉得这屋子宛如一只美丽的蜗牛壳，不过，这是一只用煤气照明和取暖的蜗牛壳，因为煤气在屋里足够照明和取暖之需了。"万事达"在三楼毫不犯难地便找到了菲利亚·福格让他住的房间。这房间挺合他的意。

---

① 罗马神话中的智慧女神。

房里有电铃和传话筒，与中二楼和二楼相通。壁炉上有一只电钟，与菲利亚·福格卧室的挂钟校对好的，分秒不差。

"这儿好极了，这儿好极了！""万事达"自言自语地说。

他还发现自己房间挂钟上方贴着一张注意事项，是他每天干活的内容。他知道，从早上 8 点菲利亚·福格按时起床的时刻，直到 11 点 30 分他离家去改良俱乐部午餐这段时间的全部活计：8 点 23 分，上茶和烤面包片；9 点 37 分，送热水刮胡子；9 点 40 分，梳理……然后，从上午 11 点 30 分到午夜——刻板的绅士睡觉的时间——所有该干的活儿全都写得清清楚楚，明明白白。"万事达"很快活地把这张时间表琢磨了一番，把该干的活儿全部牢记在脑子里了。

至于主人的衣橱，那可是满满当当，应有尽有。每条裤子、上衣或背心都编了号，并且记在了收取衣物的登记簿上，而且还注明，根据季节变化，哪天该穿哪件衣服，就连所穿的鞋，也同样严格地写明了。

总之，萨维尔街的这套住所，在那位闻名遐迩但放荡不羁的谢里登居住的时候，大概是乱七八糟的，但现在却陈设舒适，落落大方。屋里没有书房，没有书，对于福格先生来说，这些都没有用，因为改良俱乐部有两个图书室供他使用，一个是文艺图书室，另一个是法律和政治图书室。在他的卧室里，有一只不大不小的保险柜，非常坚固，既防火又防盗。家里没有任何武器，打猎或打仗的武器全都没有。一切都表明主人性喜平静。

"万事达"仔细查看了一番住所之后，搓了搓手，胖脸蛋上喜气洋洋的，高兴不已地一再说：

"好极了！这正对我的心思！福格先生和我一定非常对脾气！他是个深居简出、有板有眼的人！简直是一台机器！喏，我喜欢伺候一台机器！"

第三章

菲利亚·福格与人打的一个赌将会让他付出巨大代价

　　菲利亚·福格 11 点 30 分离开萨维尔街的住所，右脚在左脚前迈了 575 次，左脚在右脚前迈了 576 次之后，来到了改良俱乐部。该俱乐部是一座高大的建筑，矗立在帕尔—马尔街，造价不下 300 万英镑。

　　菲利亚·福格径直前往餐厅。餐厅有九扇窗户，朝向一座漂亮的花园，园中树木已被秋色抹上了一层金黄。他在惯常坐的那张桌前坐下，他的餐具早已摆放好了。他的午餐有一份冷盘，一份用上等"雷丁产酱油"烧的鱼，一份加了香菇的鲜红的烤牛排，一块嵌有香大黄茎和青醋栗的点心和一块柴郡干酪。饭后再喝上几杯改良俱乐部特备的香茗。

　　12 点 47 分，这位绅士站起身来，向大厅走去。大厅是一间富丽堂皇的屋子，装饰着配有精美画框的画。大厅里，侍者递给他一张尚未裁开的《泰晤士报》。菲利亚·福格便手法娴熟地将报纸裁开来，这是一件挺费事的活儿，但他对此已驾轻就熟了。菲利亚·福格看这份报纸一直看到3点45分，接着又看《旗帜报》，一直看到吃晚饭。晚餐的菜肴与午餐情况相同，但多了一道英国御用蜜饯。

5点45分，绅士回到大厅，埋头阅读《每日晨报》。

半小时后，改良俱乐部的一些会员来到大厅，走近壁炉，炉内生着煤火。这几位是同菲利亚·福格先生玩牌的老搭档，都像他一样是"惠斯特"迷。他们是工程师安德鲁·斯图尔特、银行家约翰·沙利文和塞缪尔·法伦丹、啤酒批发商托马斯·弗拉纳根以及英国国家银行的一位董事戈蒂埃·拉尔夫。他们全都十分富有而且名声显赫，即使是在该俱乐部的会员中，也算得上是工商、金融界的顶尖人物。

"喂，拉尔夫，"托马斯·弗拉纳根问道，"那桩盗窃案怎么样了？"

"喏，"安德鲁·斯图尔特回答，"银行为此赔钱了事呗。"

"恰恰相反，我倒希望，"戈蒂埃·拉尔夫说，"我们能抓住这个窃贼。一些机敏过人的警探已经被派往美洲和欧洲的各个进出港码头去了，那个梁上君子将很难逃出他们的手心的。"

"那到底有没有窃贼的线索？"安德鲁·斯图尔特问。

"先说明一下，那不是个窃贼。"戈蒂埃·拉尔夫一本正经地回答。

"怎么，那人偷了5.5万英镑钞票还不算是贼？"

"不是。"戈蒂埃·拉尔夫回答。

"那难道是个企业家？"约翰·沙利文说。

"《每日晨报》肯定地说是位绅士。"

说这话的不是别人，正是菲利亚·福格。他把头从面前一大堆报纸中抬起来，向会友们致意，会友们也都在向他还礼。

他们提到的那件事，联合王国的各家报纸正在激烈地争论中。那事是 3 天前，9 月 29 日发生的。一大捆钞票，数额巨大，达 5.5 万英镑，从英国国家银行总出纳员的小柜台上被偷走了。

对于那些对这么大的盗窃案竟然这么轻易地就发生了而甚感惊诧的人，银行副总裁戈蒂埃·拉尔夫只不过回答说，当时，出纳员正在登记一笔 3 先令 6 便士的收款账，还说是人就不可能什么都盯得紧紧的。

不过，在这里应该指出一点（这样做能使事情更容易理解），这家令人赞赏的英国国家银行似乎极其看重顾客们的人格。既没有保安，也没有门房，更没有铁栏杆！金子、银子、钞票随便地堆放着，可以说，谁都可以乱摸乱碰。银行的人不会怀疑任何一位顾客的诚实可靠。对英国习俗非常了解的观察家中有一位甚至这么叙述道：有一天，他走进国家银行的一个大厅，好奇地凑上前去看一根重七八磅的金条，它就放在出纳的小柜台上。他拿起这根金条，细细查看，然后递给旁边的人，这人又递给另一个人，以至于这根金条，经人手相传，竟传到了一条黑漆漆的走廊顶头。半小时之后才回到原先的地方。在这半个小时中，出纳员连头都没有抬一抬。

但是，9 月 29 日的情况并不完全一样。那一大捆钞票一去不复返了。当挂在"汇兑处"上方的那只精美挂钟敲响 5 点，下班时间到了，英国国家银行只好把这 5.5 万英镑记在损益账上。

这完全可以肯定是一桩盗窃案。从最机警干练的警探中挑选出来的一批精兵强将被派到世界各大港口：利物浦、格拉斯哥、勒·哈佛尔、苏伊士、布林迪西、纽约……他们都得到许诺，破了案可获得 2000 英镑（5 万法郎）的奖赏和追回赃款的 5% 的回扣。这些警探一边等着立即开始调查银行提供的情况，一边奉命严密监视过往的所有旅客。

可是，正如《每日晨报》所说的那样，人们完全有理由假定，案犯不属于英国任何的一个盗窃团伙。9月29日那一天，有人见过一位衣冠楚楚、风度翩翩、气质不凡的绅士，在案发现场的取款大厅里徘徊不去。调查结果比较准确地显示了这位绅士的相貌特征，并立即通报了联合王国和欧陆的全体警探。有几位脑瓜子很灵的人——戈蒂埃·拉尔夫就是其中的一个——便认定这个窃贼是逃不脱的。

如同大家想象的那样，这桩案子成了伦敦以及整个英国的主要话题。人们争论着，为首都警视厅能否破案而争得面红耳赤。所以，人们不会因听到改良俱乐部的会员们也在谈论这个案子而感到惊奇，因为国家银行的一位副总裁也在其中。

尊贵的戈蒂埃·拉尔夫不愿相信调查不出什么结果来的，因为他认为，重赏之下，警探们必然奋勇当先，才智倍增。但他的会友安德鲁·斯图尔特就远没有他那么信心十足了。这帮绅士在继续争论着。他们已经围着一张牌桌坐好，斯图尔特坐在弗拉纳根对面，法伦丹则坐在菲利亚·福格对面。打牌时，他们都一声不吭，但在两盘之间，中断了的争论又激烈地展开了。

"我认为，"安德鲁·斯图尔特说，"这个窃贼能跑掉，他肯定是个机灵的人！"

"算了吧！"拉尔夫回答说，"法网恢恢，他无处可藏。"

"没有的事！"

"您想他能逃到哪儿去？"

"这我不知道，"安德鲁·斯图尔特回答说，"反正世界大着哩。"

"那是过去的事了……"菲利亚·福格低声说道，然后，拿起洗好的牌，递向托马斯·弗拉纳根说，"该您倒牌了，先生。"

打牌的时候，争论停止了。但是，不一会儿，安德鲁·斯图尔特又挑起话头说：

"什么'那是过去的事了'！难道地球现在突然变小了？"

"当然是的，"戈蒂埃·拉尔夫说，"我同意福格先生的看法。地球是变小了，因为现在环游地球一周比100年前要快上10倍。所以，我们所谈的这桩案子破起来速度也加快了。"

"不过，窃贼逃跑起来也一样方便了！"

"该您出牌了，斯图尔特先生。"菲利亚·福格说。

可是，固执己见的斯图尔特并没有被说服，打完一盘之后，他又接着说道：

"应该承认，拉尔夫先生，您说地球缩小了说得挺逗的！您之所以这么说，是因为现在绕地球一周有3个月就够了……"

"只需80天。"菲利亚·福格说。

"的确如此，先生们，"约翰·沙利文插言道，"自从'大印度半岛铁路'的罗塔尔至阿拉哈巴德开通之后，80天就够了。这是《每日晨报》列的一张时间表：

从伦敦经由塞尼斯山和布林迪西

到苏伊士（火车和轮船）	7天
从苏伊士到孟买（轮船）	13天
从孟买到加尔各答（火车）	3天
从加尔各答到中国香港（轮船）	13天
从香港到日本横滨（轮船）	6天
从横滨到旧金山（轮船）	22天
从旧金山到纽约（火车）	7天
从纽约到伦敦（轮船和火车）	9天
共计80天"	

　　"不错，是 80 天!"安德鲁·斯图尔特嚷道。他一不留神还出错了一张牌，"但是，不包括恶劣天气、顶风逆水、轮船出事、火车脱轨，等等。"

　　"全都包括在内了。"菲利亚·福格边打牌边回答，因为这一次，一争论就顾不得玩"惠斯特"不说话的规矩了。

　　"即使土著人或印第安人扒铁轨也不怕?!"安德鲁·斯图尔特嚷叫道，"即使他们拦截火车，抢掠行李，割旅客头皮①也不管?!"

　　"全都算上了，"菲利亚·福格一边回答一边摊牌，"两张王牌。"

　　轮到安德鲁·斯图尔特洗牌，他一边洗牌一边说:

　　"理论上您是对的，福格先生，但实际做起来……"

　　"实际做起来也一样，斯图尔特先生。"

　　"我倒很想见识见识您怎么做。"

　　"那就看您了。咱俩一起走。"

　　"上帝保佑，饶了我吧!"斯图尔特嚷叫道，"不过，我可以拿 4000 英镑打赌，80 天环游地球是不可能的。"

　　"恰恰相反，完全可能。"福格先生回答说。

　　"好，那就赌一赌吧!"

　　"80 天绕地球一周，对吧?"

　　"对。"

　　"我同意了。"

　　"什么时候动身?"

　　"马上。"

　　"简直是疯了!"安德鲁·斯图尔特嚷道，对方的坚持使他开始恼火了，"算了! 咱们还是打牌吧。"

---

　　①　从前北美印第安人从战败的敌人头上割下头皮作为战利品。

"那您重洗，"菲利亚·福格回答，"因为您发错牌了。"

安德鲁·斯图尔特的手有些发颤地拿起牌来，然后，突然间，他把牌放在桌上说：

"好，行，福格先生，我赌4000英镑！……"

"亲爱的斯图尔特，"法伦丹说，"您冷静点儿，这只不过是随便说说的。"

"我说赌就是赌，不是随便说说的。"安德鲁·斯图尔特回答说。

"好吧！"福格先生说着转向其他牌友，"我有2万英镑存在巴林兄弟银行。我情愿拿出来打赌……"

"2万英镑！"约翰·沙利文嚷道，"万一出个意外，回来迟了，2万英镑就没了！"

"不存在没预料到的事。"菲利亚·福格简单地回答道。

"可是，福格先生，这80天是算的最起码的时间呀！"

"用好了，这最起码的时间就足够了。"

"可是，要想不逾期，就必须一点不差地下了火车换轮船，下了轮船换火车呀！"

"我会一点不差地换乘车船的。"

"这简直是在开玩笑！"

"一个真正的英国人，遇上打赌这种严肃的事是从来不开玩笑的，"菲利亚·福格回答说，"我将用80天或者不到的时间环游地球一周。也就是用1920小时，或者说115200分钟环游地球一周。我赌2万英镑，你们谁愿赌？"

"我们赌。"斯图尔特先生、法伦丹先生、沙利文先生、弗拉纳根先生和拉尔夫先生商量了一番后回答说。

"好，"福格先生说，"去多佛尔的火车8点45分开。我就乘这趟车走。"

"今晚就走?"斯图尔特问道。

"今晚就走。"菲利亚·福格回答,"因此,"他查看了一下袖珍日历后补充说,"今天是 10 月 2 日星期三,我应该在 12 月 21 日星期六的晚上 8 点 45 分回到伦敦,回到改良俱乐部的这间客厅。否则,我存在巴林兄弟银行的那 2 万英镑就理所当然地全归你们了,先生们。这是一张 2 万英镑的支票。"

一张打赌的字据写好了,六位当事人立即签字画押。菲利亚·福格非常冷静。他打赌肯定不是为了赢钱,他拿出这 2 万英镑——他的一半财产——来打赌,是因为他预见到,他可以得到对方的钱来完成这项虽说不是不可能但是十分艰难的计划。至于他的对手们,一个个显得很激动,倒不是因为赌注太大,而是因为按这种条件打赌,他们觉得有些于心不安。

这时候,钟敲 7 点了。大家建议福格先生别再玩"惠斯特"了,以便让他准备准备好动身。

"我已经准备就绪了。"这个镇定自若的绅士一边发牌一边回答着,"我翻的是一张方片。该您出牌了,斯图尔特先生。"

第四章
菲利亚·福格把他的仆人"万事达"惊得目瞪口呆

　　7点25分，菲利亚·福格玩"惠斯特"赢了20来个基尼①之后，告别了他的几位尊贵的会友，离开了改良俱乐部。7点50分，他推开自家大门，回到家来。

　　"万事达"已经自觉地研究过了他的工作计划表，看见福格先生破例地提前回来，不免甚是疑惑。根据注意事项的规定，萨维尔街的主人应该是夜晚12点整才回来的。

　　菲利亚·福格先上楼回到卧房，然后喊道：

　　"'万事达'！"

　　"万事达"没有应声。这不可能是在喊他，因为还没到时候。

　　"'万事达'！"福格先生并未提高嗓门地又喊了一声。

　　"万事达"走了进来。

---

　　① 英国旧金币，一基尼值21先令。

"我喊您两遍了。"福格先生说。

"可还不到夜晚 12 点。"

"万事达"手里拿着自己的表回答说。

"这我知道，"菲利亚·福格说，"我并没责怪您。我们过 10 分钟后出发，去多佛尔和加来。"

法国小伙子的那张圆脸上显出一种怪相。很明显，他没听明白。

"先生要出远门?"他问道。

"是的，"菲利亚·福格回答，"我们要去环游地球。"

"万事达"眼睛睁得老大老大的，眼皮和眉毛翻得老高老高的，两只胳膊垂塌塌的，浑身瘫软，一副惊诧到目瞪口呆的怪相。

"环游地球!"他嗫嚅着。

"而且只用 80 天，"福格先生说，"因此，我们一分钟也不能耽搁。"

"那行李呢?……""万事达"不由自主地左右摇晃着脑袋问道。

"不用行李，有个旅行袋就够了，里面放两件羊毛衫、三双袜子。您的路上再买，也带这么多。您去把我的雨衣和旅行毛毯拿来。您要带上一双结实点的鞋。不过，我们很少步行，或者用不着步行。去吧。"

"万事达"本想顶一句，但没说出来。他离开了福格先生的房间，上到自己的房间里，跌坐在一把椅子上，说了一句法国人说的挺庸俗的话:

"啊呀! 好么，这可真叫够呛的! 我原以为会安安生生地待着哩!……"

他机械地在做行前准备。80 天环游地球! 是不是遇上了个疯子? 不……他这是在开个玩笑吧? 去多佛尔，没问题。去加来，也还行。

不管怎么说，这并不怎么让这个诚实的小伙子反感，因为都 5 年了，他还没有踏过自已祖国的土地哩。甚至于，也许他们要去巴黎，当然喽，他会很高兴地重新看到自己国家伟大的首都。肯定，一个如此惜步如金的绅士会在巴黎停下不走的……是的，是这样的！可是，这位到目前为止一直深居简出的绅士这一回可真的要出远门了，要旅行去了！

8 点钟，"万事达"已准备好一只简单的旅行袋，装着他自己的和他主人的衣物。然后，他脑子仍然乱纷纷地离开了自己的房间，小心地锁好门，去见福格先生。

福格先生已经准备就绪。他腋下夹着一本布雷德肖编的《欧陆车船交通大全》。该书将向他提供有关他的旅行所必需的全部情况。他从"万事达"手里接过旅行袋，打开来，往里面塞进一大捆世界各国通用的花花绿绿的钞票。

"您没忘什么吧？"福格先生问。

"什么也没忘，先生。"

"我的雨衣和旅行毛毯呢？"

"在这儿哪。"

"好，把旅行袋拎上。"

福格先生把旅行袋交给"万事达"。

"多留点神，"福格先生补了一句，"里面装了 2 万英镑。"

旅行袋差点儿从"万事达"手中掉下去，仿佛里面装的是 2 万磅金子，沉得不得了。

于是，主仆二人走下楼去，把临街的大门锁好。

萨维尔街顶头有个马车站。菲利亚·福格和他的仆人上了一辆马车，飞也似的向查林-克罗斯火车站奔去。该站是东南铁路支线的终点站。

8 点 20 分，马车在车站栅栏前停下。"万事达"跳下车来。他的主人跟着也跳下车，付了车钱。

这时候，一个可怜的女乞丐，一手牵着个孩子，光着脚踩着泥地，头上戴着一顶破帽，帽上坠着一根脏兮兮的羽毛，一条破披巾披在破衣烂衫上，她走近福格先生，向他乞讨。

福格先生从衣袋里掏出刚才打牌赢得的那 20 个基尼，递给女乞丐说：

"拿去吧，诚实的妇人，我很高兴遇上了您！"

说完他便走过去了。

"万事达"觉得眼睛有点儿湿乎乎的。他的主人感动了他。

福格先生和"万事达"立即走进火车站候车大厅。他叫"万事达"去买 2 张去巴黎的头等车票。然后，他转过身来，发现了改良俱乐部的那 5 个会友。

"诸位，我要走了。"他说，"我为此行带了一本护照，各位等我归来时可查验上面的签证，以验证我的旅行路线。"

"哦！福格先生，"戈蒂埃·拉尔夫客气地回答说，"这没必要的。我们相信您绅士的信誉！"

"还是查验一下的好。"福格先生说。

"您没忘记您回来的时间是……"安德鲁·斯图尔特提醒道。

"80 天后，"福格先生回答，"1872 年 12 月 21 日星期六晚 8 点 45 分。再见了，先生们。"

8 点 40 分，菲利亚·福格和他的仆人上了火车。8 点 45 分，一声汽笛响过，火车开动起来。

夜黑漆漆的，下起了毛毛雨。菲利亚·福格靠在那儿，一声不响。"万事达"仍然脑子乱纷纷的，本能地紧紧搂着那只装着钞票的旅行袋。

但是，火车还没过西德纳姆，只听见"万事达"发出一声真的
是绝望的喊叫！

"您怎么啦？"福格先生问。

"因为……因为……慌急慌忙……脑子乱乱的……我忘了……"

"忘了什么？"

"忘了关我房里的煤气了！"

"那好，小伙子，"福格先生冷冰冰地说，"烧的煤气算在您自己
的账上！"

第五章
一种新股票在伦敦市场上出现

　　菲利亚·福格离开伦敦时，想必没有料到他的旅行会立即引起了巨大的反响。打赌的消息先是在改良俱乐部传了开来，在这个高贵的圈子的成员中产生了不小的轰动。然后，从俱乐部通过记者又传到报纸上，继而又从报纸传给伦敦和整个联合王国的公众。

　　人们在评判着、争论着、分析着这个"环游地球的问题"，其热火朝天、激情满怀的架势，仿佛是新的一次"亚拉巴马号"事件"①。一些人赞成菲利亚·福格，而另一些人——他们很快便成了多数——则持反对态度。如果不是纸上谈兵，要在这么短的时间内，就现有的交通工具，完成这次环游地球的旅行，不仅是不可能的，而且简直是痴人说梦！

　　《泰晤士报》《旗帜报》《晚星报》《每日晨报》以及另外20家

_____

　　① 1864年6月19日，英美两国政府因亚拉巴马号巡洋舰的沉没发生争执，吵得沸沸扬扬，没完没了，至1872年9月14日方告结束。

大报都对福格先生持反对态度。只有《每日电讯》在一定程度上对他表示支持。大家都把菲利亚·福格看成怪人、疯子，而且连改良俱乐部跟他打这个赌的会友也都受到责难，认为打这种赌的人脑子不健全。

有关这一问题的一些极其激烈但极符合逻辑的文章刊登了出来。大家都知道，在英国，但凡牵涉到地理问题，人们都兴趣盎然。因此，不论哪个阶层的读者，没有不关注有关菲利亚·福格文章的。

开头几天，特别是在《伦敦新闻画报》发表了根据改良俱乐部登记表复制的福格先生的照片之后，一些大胆的人——主要是妇女——是站在他一边的。有些绅士竟然说："咳！咳！有什么不行的？我们还见过比这更特别的事哩！"说这话的是《每日电讯》的读者。但是，人们很快便感觉到，这家报纸也开始降低调门了。

的确，10月7日，英国皇家地理学会会刊上登出了一篇论文，从各个方面阐述了这一问题，明确指出干这种事是在发疯。这篇文章认为，一切都对旅行者不利，不论是人为的抑或天然的障碍。为了成功地完成这一计划，出发与抵达各地的时间必须环环紧扣，出不得半点差池。而这种可能性是不存在的。如果只限于欧洲，因为距离比较短，还有可能相信火车会准点的，可是，火车得3天才能穿过印度，7天才能穿过美国，火车能保证发车、到站的时间都分秒不差吗？再说，机器故障、火车出轨、列车相撞、气候恶劣、大雪封路，这一切不都在与菲利亚·福格作对吗？冬天乘船难道不受大风和浓雾的摆布吗？最好的横渡大洋的轮船不也常常要延误两三天吗？而只要哪怕一点点延误，全盘计划便无可挽回地给打乱了。假如菲利亚·福格误了一班船，哪怕只误了几个小时，他都不得不等下一班船，这么一来，他的旅行计划就必然泡汤。

此文反响很大，几乎各家报纸都转载了。"菲利亚·福格股票"

身价大跌。

在福格先生动身后的头几天里，人们就他环游的"成败"大做投机买卖。大家知道英国打赌的都是些什么样的人，知道他们比赌徒们聪明、高贵。英国人生性好打赌，因此，不仅改良俱乐部的很多会员都在就菲利亚·福格的成败大下其注，就连广大群众也参与其中。菲利亚·福格的名字宛如一匹赛马，被登记在类似马的血统登记簿上一样。人们把它弄成了一种股票，立即在伦敦金融市场上市了。人们以牌价或溢价购进或抛出"菲利亚·福格股票"，成交量巨大。但是，在他动身后 5 天，在皇家地理学会会刊的那篇文章发表之后，这种股票呈猛抛之势，价值大跌。人们纷纷抛出，起先以票面的 1/5 价格抛售，继而以 1/10、1/20、1/50、1% 的价格抛售。

支持他的只剩下唯一的一个人了。那是个瘫痪的老者，阿尔比马尔勋爵。这位瘫坐在扶手椅上的高贵绅士宁可倾家荡产也盼着能环游地球，哪怕花上 10 年工夫！他下了 5000 英镑（10 万法郎）的赌注，赌菲利亚·福格赢。而当别人告诉他环游计划是愚蠢的，是不可能的时，他只是回答说："如果此事能成的话，由英国人率先干成岂不快哉！"

可现在就是这么个状况，菲利亚·福格的支持者日见减少，大家都在反对他，而且这并非没有道理。"菲利亚·福格股票"已经跌至 1/150、1/200 了，到了他动身后的第 7 天，由于一件完全出乎意料的事，致使这股票落得个一文不值了。

原来这一天晚上 9 点，伦敦警视厅厅长接到一份电报，是从苏伊士发往伦敦的，电文如下：

苏格兰场，警视厅厅长罗恩：

我盯上了银行窃贼菲利亚·福格。速寄逮捕令至孟买（英属印度）。

警探菲克斯

这份电报立刻引起一片哗然。高贵的绅士变成了偷钱的窃贼。人们仔细地查看了同改良俱乐部会友的照片放在一起的他的照片，发现他同被调查的窃贼相貌特征竟然非常吻合。人们联想到菲利亚·福格的生活总是那么神秘兮兮的，联想到他的孤僻，他的突然出走，所以很显然，此人是以环游地球为借口，以荒谬的打赌掩人耳目，其目的只有一个：摆脱英国警探。

第六章
菲克斯警探理所当然急不可耐

那份牵涉菲利亚·福格先生的电报的来龙去脉是这样的。

10月9日，星期三，人们都在翘首以待"蒙古号"客轮上午11点抵达苏伊士。"蒙古号"是东印度公司的一艘带螺旋推进器和轻甲板①的铁壳汽船，载重2800吨，标称动力为37万瓦。"蒙古号"是经由苏伊士运河往返于布林迪西和孟买之间的定期班轮，是该公司的一艘快船。正常航速，在布林迪西到苏伊士之间是每小时10海里，在苏伊士到孟买之间是9.53海里，不过它总是超过这一航速。

有两个人一边在等着"蒙古号"抵港，一边在码头熙熙攘攘的人群中溜达。不久以前，该城还只是个小镇，由于德·莱塞普斯②先

---

① 是在强力甲板之上装有两层或两层以上的轻结构甲板，这种船可客货兼运。

② 法国子爵（1805—1894），曾在埃及任外交官，与当时的埃及王储建立了友谊，参与了开凿苏伊士运河的策划。

生的宏伟工程，因而有了一个远大前途，吸引了大批的本地人和外国人。

这两个人中的一位是联合王国驻苏伊士的领事。不管英国政府对运河的预测如何令人不快，不管斯蒂芬森工程师的预言有多么可怕，这位领事每天都看见一些英国船只穿过这条运河，比通过好望角从英国到印度的那条旧航线缩短了一半路程。

另一位又矮又瘦，看上去倒还聪明，有点儿神经质，两道浓眉紧紧地拧起，长长的睫毛下闪动着犀利的目光，不过，他能有意将目光弄得暗淡。此时此刻，他显得有点儿心烦意乱，走来走去，躁动不安。

此人名叫菲克斯，是英国国家银行盗窃案案发之后被派往各国港口去的"侦探"或英国警察之一。这个菲克斯将密切监视所有途经苏伊士的旅客，要是他觉得有谁可疑，便一面"盯住"，一面等候逮捕令。

正好两天前，菲克斯从英国警视厅厅长那里收到涉嫌犯的相貌特征材料，也就是那个有人在银行营业大厅里看见的衣冠楚楚、风度翩翩的人的相貌特征材料。

这位侦探肯定是受到破案后可获得一笔丰厚奖金的诱惑，因此才带着可以理解的焦急心情等着"蒙古号"进港。

"领事先生，您是说，"菲克斯已经是第二次在问了，"这班船不会脱班？"

"不会的，菲克斯先生，"领事回答说，"据报，它昨天就已经到了塞得港的外海了，而160公里长的运河对于这样的一条快船来说算不了什么。我已经告诉过您，政府对于在规定时间内提前到达的船只，每提前24小时就要奖赏25英镑，而'蒙古号'每次都是有份儿的。"

"这条船是直接从布林迪西开来的吗?"菲克斯问道。

"是从布林迪西直接开来的。它在布林迪西装上发往印度的邮件①,星期六晚5点离开那儿。所以,您甭着急,它很快就会到的。可我真的搞不明白,即使您要抓的那人在这条船上,您光凭所收到的材料,怎么就能认出来呢?"

"领事先生,"菲克斯回答说,"对这帮人,不是靠认出来,而是靠感觉。必须嗅觉灵敏,而嗅觉则是集听觉、视觉和味觉为一体的一种特殊的感觉。我一生中抓过不止一个这种绅士,所以,只要我要抓的窃贼在船上,我向您保证他逃不出我的手心。"

"但愿如此,菲克斯先生,因为这是一桩大盗窃案。"

"是桩大案,"兴奋异常的警探回答,"5.5万英镑哪!这种大案我们并不常碰上!现在的盗窃都是小打小闹的了!谢泼德②那样的大盗已经绝迹了!现在的贼往往因几个先令而被绞死!"

"菲克斯先生,"领事回答说,"听您这么一说我真该祝愿您马到成功了,不过,我再跟您说一遍,就您目前的情况,我担心还挺困难的。您知道不,根据您所收到的相貌特征材料,这个窃贼与一位正人君子长得一模一样。"

"领事先生,"警探武断地回答说,"大窃贼全都像是正人君子。您得明白,但凡獐头鼠目之辈,只有老老实实,安分守己,不然的话,很快就会被抓住。凡是装出正人君子样儿的,我们就必须特别注意。我同意,这工作挺困难,这已不是一种职业,而是一门艺术了。"

看得出来,这个菲克斯是有那么点自命不凡的架势。

---

① 指第二次世界大战前的"英印快邮"。

② 英国神通广大的大盗(1702—1724),曾多次被捕,又多次越狱潜逃,最后一次于1724年被捕,被处以绞刑。

这时候，码头渐渐地热闹起来。不同国籍的水手、商人、经纪人、搬运工、苦力都拥到了这里。显然，轮船马上就要进港了。

天气挺好，但因正刮着东风，有点儿冷。几座清真寺的尖塔在淡淡的阳光下矗立在城市上空。朝南望去，有一条两公里长的大堤像一条长臂似的伸在苏伊士运河的港湾里。红海海面上，游弋着好些渔船和小船，其中有几条仍然保留着古代帆桨战船的漂亮样式。

菲克斯由于职业习惯使然，一面在这伙人中转来转去，一面飞眼注视着行人。

此刻已经是 10 点 30 分了。

"这条船到不了了!"菲克斯听见港口的钟敲响 10 点 30 分嚷叫起来。

"它不会离得很远了。"领事回答说。

"它在苏伊士别给他停多长时间?"菲克斯问。

"停 4 个小时。停船加煤。从苏伊士到红海的出口亚丁，有 1310 海里，必须加满燃料。"

"这船从苏伊士直接开往孟买吗?"菲克斯问道。

"直接开去，中途不搭客不卸货。"

"这么说，"菲克斯说，"那个窃贼如果是走这条路，又搭的是这条船的话，他就一定是计划在苏伊士下船，好从另一条路前往亚洲的荷兰或法国殖民地。他应该很清楚，印度是英国属地，待在印度不安全。"

"除非他是个很厉害的家伙。"领事回答说，"否则，您是知道的，一个英国罪犯躲在伦敦要比躲在国外好得多。"

说完这话，领事便回到离此不远的领事馆去了。菲克斯对他的话百思而不得其解。他独自一人，极其烦躁不安，总有一种挺奇怪的预感，觉得那贼一定在"蒙古号"上。实际上，如果那个混蛋离开英国打算去新大陆的话，经由印度这条道应该是他首选的一条道，因为这条道监视得松，而且比经大西洋的道监视起来更加困难。

菲克斯并未沉思许久。一声声尖厉的汽笛声响起，轮船就要到了。成群的搬运工和苦力一窝蜂似的拥向码头，全然不顾会挤坏旅客，弄脏他们的衣服。有十来只小船离开了河岸，朝"蒙古号"划去。

不一会儿，人们便发现了"蒙古号"那庞大的船体进入运河。11点整，这艘快船便在港湾里抛了锚，排气管中突突地喷出大量的蒸汽。

船上旅客挺多。有些旅客待在轻甲板上观赏全城的如画美景，但大多数旅客则上了停靠在"蒙古号"旁接客的小船。

菲克斯全神贯注地注视着所有上岸旅客。

这时候，上岸旅客中有一个拼命地推开围上前来揽生意的苦力，走到菲克斯身旁，非常客气地问他能否告诉他英国领事馆在哪儿，说话时一面还将他的护照递过去，想必是想在上面盖上英国领事馆的印鉴。

菲克斯本能地接过护照，匆匆地溜了一眼，看清了照片上的相貌特征。他差一点儿高兴得露出马脚来，护照在他手中颤抖。护照上的相貌特征跟他从首都警视厅厅长那儿获得的材料完全吻合。

"这本护照不是您的吧?"菲克斯问这个旅客。

"不是的，"这个旅客回答说，"这是我主人的。"

"那您主人呢?"

"他待在船上。"

"可是，"警探又说，"得他本人亲自去领事馆，好确定真伪。"

"什么! 有这个必要吗?"

"必须如此。"

"那么，领事馆在哪儿？"

"就在那边，广场的旁边。"警探指着200步开外的一幢房子回答说。

"那么我请我主人去。可是，让他劳动大驾，他肯定会不高兴的。"

说完，这个旅客便向菲克斯点头致谢，回到船上去了。

第七章
光查护照再次证明无济于事

菲克斯警探离开码头，急忙向领事馆走去。根据他的急切请求，领事立即接见了他。

"领事先生，"他开门见山地对领事说，"我早就强烈地预感到我们要抓的人是在'蒙古号'上。"

菲克斯随即把那个仆人和护照的事讲给了领事听。

"好，菲克斯先生，"领事回答说，"我倒很想见识一下那个混蛋是个什么嘴脸。不过，如果他如您所想象的那样，也许就不会再来领事馆了。一个小偷是不喜欢在身后留下踪迹的。再说，现在护照也不再非办签证手续不可了。"

"领事先生，"警探回答说，"如果此人果如大家想象的那么厉害的话，他一定会来的！"

"来办签证手续？"

"是的。护照从来就是让正人君子嫌烦而让混蛋便于逃跑的玩意儿。我敢断定，他的护照不会有问题，但我希望您别给他签证……"

"为什么不签？"领事回答道，"如果他的护照没有问题，我无权拒签。"

"可是，领事先生，我必须把此人拖在这里，一直等到我从伦敦接到逮捕令。"

"啊！这个嘛，菲克斯先生，这是您的事了。"领事回答道，"我嘛，我不能……"

领事的话还没说完，就听见有人在敲他办公室的门。听差领进两个人来，其中的一个就是向菲克斯警探问询过的那个仆人。

来的确实是主仆二人。主人呈上自己的护照，简单地请领事费心在他的护照上盖上印鉴。

领事接过护照，仔细地看着，坐在办公室一角的菲克斯则在打量着，或者可以说是死死地盯着这个陌生人。

领事看完护照后问道：

"您是菲利亚·福格先生？"

"是的，先生。"绅士回答道。

"这一位是您的仆人？"

"是的。他是法国人，叫'万事达'。"

"您从伦敦来？"

"是的。"

"您要去哪儿？"

"孟买。"

"好，先生。您知道吗，这种签证手续已无用了，我们也不再要求呈验护照了？"

"这我知道，先生。"菲利亚·福格回答道，"不过，我想通过您的签证证明我经过了苏伊士。"

"好吧，先生。"

领事在护照上签了字，写上了日期，盖上了自己的印章。福格先生缴了签证费，向领事生硬地点头致意后，带上自己的仆人走了。

"怎么样?"警探问道。

"喏，"领事回答道，"他看上去是个地地道道的正人君子!"

"这有可能，"菲克斯说，"但是问题根本就不在这儿。领事先生，您没发现这位冷静的绅士同我收到的材料上所说的那个窃贼的相貌特征完全吻合吗?"

"这我同意，但是，您是知道的，所有的相貌特征……"

"我会搞清楚的，"菲克斯说，"我觉得那个仆人倒不像他主人那样难以捉摸。再说，他是个法国人，肚子里存不住话的。回头见，领事先生。"

警探说完，便走了出去，寻"万事达"去了。

此刻，福格先生出了领事馆，已往码头走去。在码头上，他交代完仆人要办的几件事，便上了一条小船，回到"蒙古号"自己的舱房里。然后，他拿起了记事簿，记下了下面的几行旅行日志:

10月2日，星期三，晚8点45分，离开伦敦。

10月3日，星期四，上午7点20分，到达巴黎。上午8点40分，离开巴黎。

10月4日，星期五，上午6点35分，经塞尼斯山到达都灵。

同日，上午7点20分，离开都灵。

10月5日，星期六，下午4点，到达布林迪西。

同日，下午5点，搭乘"蒙古号"。

10月9日，星期三，上午11点，到达苏伊士。

共计费时158小时30分，等于六天半。

福格先生把这些日期记在一本分栏的旅行日记上。日记上标明从 10 月 2 日起到 12 月 21 日为止的月、日、星期及应到达的每个主要城市——巴黎、布林迪西、苏伊士、孟买、加尔各答、新加坡、香港、横滨、旧金山、纽约、利物浦、伦敦——的日子和实际到达的日期，这样就可以弄清楚旅途中到达每个城市提前或延误多少时日。

这种刻板的日记能让人对一切一目了然，因此，福格先生始终知道自己是否早到了还是晚到了。

那一天，10 月 9 日，星期三，他记下了他到达苏伊士。这与预计抵达时间完全相符，没提前也没滞后。

然后，他让人服侍他在舱房用了午餐。至于观光该城，他连想都没有想过。他是那种让仆人代替他们观赏所经过地方的那种英国人。

第八章
"万事达"也许有点儿饶舌

菲克斯不一会儿便在码头上找到了"万事达"。后者正在东溜西逛，他倒是认为什么都得瞧上一瞧的。

"嗨，朋友，"菲克斯靠上前去说，"您的护照签好证了吗?"

"啊！是您呀，先生，"法国小伙子回答说，"谢谢您的关心，我们完全按规章办好了。"

"您在这里观光?"

"是的，可是，我们走得太快了，我觉得像是在梦中旅行。这么说，我们真的到了苏伊士了?"

"是到苏伊士了。"

"到埃及了?"

"一点没错，是到埃及了。"

"那就是到非洲了?"

"是到非洲了。"

"到非洲了！""万事达"说道，"我真不敢相信。您知道，先生，我还以为最远也超不过巴黎哩，可那座著名京城，我只不过在早上7点20分到8点40分，从北站到里昂站的那段时间，透过马车车窗瞧了瞧而已，而且外面还下着大雨！真遗憾！我本想再去看看拉雪兹神甫公墓和香榭丽舍大街的马戏场的！"

"您怎么这么急呀？"警探问道。

"我可不着急，着急的是我的主人。对了，我得去买袜子和衬衫了！我们出门时没带行李，只带了个旅行袋。"

"我带您去一个集市，您什么都能买到。"

"先生，""万事达"说，"您可真是个大好人！……"

两个人说话就走了，"万事达"一路上说个没完。

"尤其是，""万事达"说，"我得当心，千万不能误了上船！"

"来得及的，"菲克斯回答说，"现在才12点。"

"万事达"掏出自己的大怀表来。

"12点？"他说，"算了吧！现在是9点52分！"

"您的表慢了，"菲克斯说。

"我的表会慢？这是祖传的，是我曾祖父传下来的！是一只货真价实的标准表！"

"我明白是怎么回事了，"菲克斯说，"您的表是伦敦时间，比苏伊士时间晚将近两个小时。您每到一地都得把表与当地时间校正。"

"什么？要我拨表？""万事达"嚷叫起来，"没门儿！"

"那么，它就与太阳运行不再互相吻合了。"

"管它什么太阳不太阳的，先生！出错的将是太阳！"

诚实的小伙子郑重其事地把自己的表放在衣服内袋里了。

过了一会儿，菲克斯问他道：

"这么说，你们是匆匆忙忙地离开伦敦的了？"

"我看是的！上星期三晚上 8 点，福格先生破例提前从俱乐部回来了，三刻钟之后，我们就动身了。"

"您的主人这是要去哪儿呀？"

"一直往东！他要环游地球！"

"环游地球？"菲克斯嚷道。

"是呀，用 80 天的时间！他说是打赌，不过咱俩私下说说，我可根本就不相信。这有点儿违背常理。其中必有蹊跷。"

"啊！这位福格先生是个怪人吧？"

"我看也是。"

"他很有钱吧？"

"那当然，他随身带着一大笔款，全是崭新的钞票！一路上他出手可大方啦！哼！他对'蒙古号'的机师说，如果我们能提前到达孟买，他就给机师一大笔奖赏！"

"您早就认识您的这位主人了？"

"我？""万事达"回答说，"我是我们走的当天才去给他当仆人的。"

大家不难想象，"万事达"的这番话在警探那本已过分激动的脑子里会产生什么反响。

盗窃案发生不久，便匆匆地离开伦敦，带着那么大一笔现金，那么急不可耐地要远走高飞，那怪癖荒诞的打赌借口，凡此种种都证明了，也应该证明菲克斯判断的正确。他又逗着法国小伙子说了一些，深信他根本就不了解他的主人，深信福格先生在伦敦离群索居，深信大家都知道他很富有，却并不知晓他钱的来路，深信此人高深莫测……但是，同时，菲克斯也确信菲利亚·福格是不会留在苏伊士的，他是真的要去孟买。

"孟买远吗？""万事达"问道。

"挺远的，"警探回答说，"您还得坐上十来天的船。"

"您说孟买到底在什么地方呀？"

"在印度。"

"在亚洲？"

"那当然。"

"见鬼！我可告诉您说吧……有一件事把我给愁死了……我的煤气！"

"煤气怎么了？"

"我忘了把煤气炉关掉了，烧的煤气要算在我头上的。我可是计算过了，每 24 小时得烧掉我两个先令，比我每天挣的还要多 6 个便士，所以，您知道，要是这次旅行多延长一天……"

菲克斯是否明白他的煤气的事？这不怎么可能。反正他不再听"万事达"说了，正在考虑怎么办是好。法国小伙子和他俩人来到了集市上。菲克斯让"万事达"自己采买，并嘱咐他别误了上船，然后便急急忙忙跑回领事馆。

菲克斯现在成竹在胸，已恢复镇静。

"先生，"他对领事说道，"我现在完全确信无疑了，我已经找着要抓的人了。他假装古怪，说是要用 80 天环游地球。"

"这么说，他是个滑头？"领事说，"他打算蒙骗过欧美两大洲的警方之后再回伦敦！"

"哼，走着瞧吧！"菲克斯说。

"您不会搞错吧？"领事又问了一句。

"我是不会搞错的。"

"那么，为什么这个贼一定要通过办签证来证明他到过苏伊士呢？"

"为什么？……我一点儿也搞不明白，领事先生，"警探回答说，

"请您听我说。"

于是，他三言两语地把他与那个福格的仆人谈话的要点告诉了领事。

"的确，"领事说，"所有的迹象都说明这人有问题。您到底打算怎么办？"

"我马上发电报到伦敦，要求立即给我发一张逮捕令到孟买。我将搭乘'蒙古号'，跟踪这个贼到印度，那是英国的属地，到了那儿，我就客客气气地走到他的面前，一手亮出逮捕令，一手抓住他的肩头。"

警探冷静地说完这番话之后，告别了领事，便到电报局去了。他从那儿给伦敦警视厅厅长发了那份大家已经知道的电报。

一刻钟之后，菲克斯提着简单的行李，但带足了钱，便登上了"蒙古号"。不一会儿，这艘快船便全速行驶在红海海面上。

第九章
菲利亚·福格一路顺利地穿越了红海和印度洋

苏伊士至亚丁正好 1310 海里，而东印度公司招标细则规定，轮船应在 138 小时内驶完这段航程。"蒙古号"已烧足了火，以提前抵达的架势航行着。

在布林迪西上船的旅客，大多数都是去印度的。有些是去孟买，有些是去加尔各答，但也得经由孟买，因为自从有了一条横贯印度半岛的铁路以来，没有必要再绕锡兰①海角了。

"蒙古号"上的旅客中，有各种文职官员和各个军阶的军官。军官中有的属于英国正规军，有的则是印度士兵组成的当地部队的指挥官，但薪俸都非常高，即使是现在，英国政府已经取代了过去的东印度公司的权力和责任的情况之下，也是如此：少尉 7 千法郎，准将 6 万法郎，少将 10 万法郎。

---

① 即今天的斯里兰卡。

在"蒙古号"上，人们过得很惬意。在这帮军官之外，还有一些年轻的英国人，他们怀揣巨款，是在海外开设商号的。轮船上的"事务长"是轮船公司的心腹，与船长平起平坐。他把膳食搞得很有排场。不论是上午的早餐、2 点的午餐、5 点 30 分的晚餐，还是 8 点的夜宵，餐桌上都满满当当地摆好新鲜熟肉和甜食，这些都是船上的肉类加工部和食品供应部提供的。船上的几位女乘客一天换两套衣服。每当海上风平浪静的时候，人们便演奏音乐，甚至还翩翩起舞。

然而，红海跟所有那些狭长的海湾一样，变化无常，经常是风高浪急，波涛汹涌。每当起风之时，无论是从亚洲海岸还是从非洲海岸刮来，"蒙古号"这艘装有螺旋推进器的长长的纺锤形快船，船舷迎风，被吹得猛烈摇晃。这时候，女乘客们便躲进舱房里去了，钢琴声静下来，轻歌曼舞也停止了。但是，尽管狂风大作，恶浪滔天，轮船在强大的蒸汽机的驱动下，仍然毫不减速地向着曼德海峡驶去。

这时候，菲利亚·福格在干什么呢？大家可能会以为，他整天忧心忡忡，焦急不安，担心风向改变，不利航行，担心汹涌波涛会使机器发生故障，担心一切可能发生的海损迫使"蒙古号"在某港口滞留，影响他的旅行。

可这位绅士根本就没有这样，或者至少可以说，即使他考虑到这些可能了，但外表上并没有流露出来。他一如既往地镇定自若，依然是改良俱乐部的那个沉着坚定的会员，任何意外和不幸都无法使之惊慌失措。他像船上的精密仪器一样不会激动。人们很少在甲板上见到他。他并不想观赏这留下了丰富回忆的红海——这座人类早期历史舞台。他不去确认海岸边的那些奇异城垣，它们的如画城影有时浮现在天际。他甚至不去想这阿拉伯海湾出现的危险。古代的史学家，如斯特拉拜、阿里恩、阿米特米多尔、埃德里西等，一提起这海湾来，无不谈"虎"色变。从前，航海家们不奉献赎罪祭品是绝不敢闯阿拉伯海湾的。

那么，这位关在"蒙古号"舱房里的怪人到底在干什么呢？首先，他照常一日四餐，轮船的左右摇晃和前后颠簸都不能损坏他这架装备精良的机器。饭后，他就玩"惠斯特"。

是的，他遇上了跟他一样着迷的牌友：一个是去果阿①赴任的税务官，一个是回孟买的尊敬的德西默斯·史密斯神甫，一个是回其驻贝拿勒斯部队的英军少将。这三位旅客同福格先生一样，对"惠斯特"情有独钟，一天到晚地打，跟他一样的闷声不响。

至于"万事达"，他一点儿也不晕船。他住在船头的一间舱房里，也一样认真地吃着每一顿饭。说实在的，在这样的条件之下做的这次旅行，他肯定是没什么不高兴的。他打定了主意，吃好，睡好，欣赏风光。再说，他心想，这莫名其妙的旅行到孟买就算是头了。

离开苏伊士的第二天，10月10日，他在甲板上遇到了离开埃及时与之告别的那位殷勤的人，心中颇为高兴。

"我想我没有认错人，"他笑容可掬地走上前去说，"在苏伊士热心为我指路的就是先生您吧？"

"没错，"警探回答道，"我认出您来了！您就是那位古怪的英国人的仆人……"

"正是，先生您怎么称呼？"

"菲克斯。"

"菲克斯先生，""万事达"说，"在船上又遇上您真是高兴。您这是去哪儿？"

---

① 印度领土上的前葡属殖民地。

"我嘛，跟您一样，去孟买。"

"那好极了！您是否去过孟买？"

"去过好几次了，"菲克斯回答说，"我是东印度公司的一个代理人。"

"那您很熟悉印度了？"

"那……是呀……"菲克斯支吾着，不想谈得太深。

"印度好玩吗？"

"很好玩！有清真寺、尖顶塔、寺院庙宇、托钵僧人、宝塔、老虎、蛇、舞蹈女！不过，您得有时间参观才行呀？"

"但愿能有时间，菲克斯先生。您是知道的，一个精神健全的人是不会下了轮船上火车，下了火车又上轮船的，还借口什么80天环游地球。不！这种瞎折腾到孟买就该停止了，您瞧着吧。"

"福格先生身体可好？"菲克斯语气特别自然地问道。

"很好，菲克斯先生。不过，我也很好。我吃起来像个饿狼，这是海上的空气造成的。"

"可您的主人，我怎么从未在甲板上见到过他呀？"

"他从不上甲板上来。他不喜欢凑热闹。"

"您知道吗，'万事达'先生，这个所谓的80天环游地球之行很可能藏有某种秘密的使命……譬如说外交使命什么的！"

"天晓得。菲克斯先生，我实话实说，我可一点儿也不清楚，而且，我根本也不想弄清楚。"

自从这次相遇之后，"万事达"同菲克斯经常在一起聊天。警探想方没法地与福格先生的仆人套近乎。他想，必要时是可利用"万事达"的。因此，他常请后者到"蒙古号"的酒吧间去，喝上几杯威士忌和白啤酒。诚实的小伙子也不客气就喝了，甚至也回请一下，免得欠下人情。再说，他觉得这个菲克斯是个正人君子。

这时候，轮船正在快速前行。13 日，人们看见了木哈城①。四周的城垣已经坍塌，废墟上长着一些碧绿的椰枣树。远处，群山之中，是一大片的咖啡种植场。"万事达"眺望着这座名城，不禁心旷神怡。他甚至觉得，这座由断垣残壁围起来的、带有一座宛如杯耳似的破损古堡的名城，活脱一只巨大的咖啡杯。

当天夜里，"蒙古号"穿过曼德海峡。这海峡的阿拉伯文名字意为"泪门"。翌日，14 日，"蒙古号"泊于亚丁湾西北部的汽船岬，它要在此加煤。

从那么远的产地运煤来供应来往船只，是一件繁难艰巨的事情。仅仅东印度公司，每年耗煤的款项就高达 80 万英镑（2000 万法郎）。确实必须得在好几处港口设置储煤点。把煤运到那么遥远的海边去，每吨得花 80 法郎的运费。

"蒙古号"到孟买还有 1650 海里的航程，而且还得在汽船岬停留 4 个小时，以便把煤仓加满。

不过，这种耽搁一点儿也损害不到菲利亚·福格的旅行计划，因为这是在预计之中的。再说，"蒙古号"原定 10 月 15 日上午才能驶抵亚丁的，但它于 14 日晚就提前到达了，富余出 15 个小时。

福格先生同他的仆人上了岸。绅士想给自己的护照签上证。菲克斯悄悄地尾随在他们后面。签证手续办完之后，菲利亚·福格回到船上，继续玩他那中断了的"惠斯特"。

亚丁有居民 2.5 万人，有索马里人、巴尼昂人、帕尔西人、犹太人、阿拉伯人、欧洲人。"万事达"像往常一样，在这群人中间闲逛。他浏览了使该城成为印度洋上的直布罗陀的那些要塞；他还观赏了一些精巧的蓄水池，英国的工程师们在 2000 年后，继所罗门王

---

① 北也门（即今之阿拉伯也门共和国），濒临红海曼德海峡的一座重要港口城市。18 世纪时，是椰枣、香料和上等咖啡的重要产地。

的工匠之后，继续在这些蓄水池工作着。

"真好玩，真好玩！""万事达"回船时边走边自言自语地说，"我明白了，要想瞧新鲜事儿，就得出门旅行。"

晚上6点，"蒙古号"的螺旋桨叶搅动了亚丁湾的水面，很快便驶入印度洋面。它按规定跑完亚丁至孟买的航程要168小时。不管怎么说，印度洋风平浪静，有利航行，正刮着西北风，轮船张满船帆，加快了航速。

轮船由于顶风航行，不太摇晃。女乘客们打扮得花枝招展地又来到了甲板上。人们又开始欢歌笑语，翩翩起舞。

这段旅程就在这最佳条件下完成了。"万事达"因为遇上了天赐的菲克斯这么个可爱的旅伴而十分开心。

10月20日，星期日，将近中午时分，人们看见印度海岸了。两小时后，引航员登上了"蒙古号"。地平线上，群山远景和谐地映衬在天穹之中。不一会儿，遮掩着孟买城的那一排排棕榈树生机盎然，清晰可见。客轮驶进这座萨尔赛特岛、科拉巴岛、象岛、屠夫岛环绕着的海湾，4点30分，停靠孟买码头。

菲利亚·福格这一天的第33盘牌，他和他的搭档，由于大胆运作，拿了13墩牌，以一个大满贯结束了这段美好的旅程。

"蒙古号"原定10月22日到达孟买，可它20日就到了。因此，从伦敦启程算起，提前了两天。菲利亚·福格把这两天规规矩矩地写在旅行日记的盈余栏里了。

第十章
"万事达"狼狈不堪地摆脱了困境

谁都知道，印度是个底朝上顶朝下的大倒三角形，面积有 1400 万平方英里，人口分布不均，总数 1.8 亿。英国政府在这大片土地上，只真正地控制着一部分地区。它在加尔各答设有全印总督，在马德拉斯、孟买、孟加拉设有地方总督，在阿格拉设有代总督。

但真正的英属印度只包括 70 万平方英里，人口约有 1 亿。这足以说明印度还有一大部分不在英国女王的统辖之下。的确，内地的某些凶恶可怕的土王仍旧绝对是自行其是的。

自 1756 年——英国在现今马德拉斯城所在地建起第一个殖民机构的那一年起，直到殖民军中的印度兵哗变爆发的那一年，著名的东印度公司是强大无比的。它逐渐地吞并了许多省份，以很少兑现或根本不予兑现的公债券从印度土王手中把它们买了去。它任命全印总督和所有的文官武将。但现在，它已不复存在了，英国对印度的管辖已直接隶属于英国王室。

　　如今，半岛的面貌、风俗、部族争执正在日益改变。从前，人们在印度旅行都是依靠各种各样的古老办法：步行、骑马、坐双轮车或独轮车、乘轿、人背、坐小马车等。现在，有蒸汽快船在印度河、恒河上飞驰，还有一条横贯印度的铁路，沿途还铺设有一些支线，从孟买到加尔各答只需 3 天。

　　这条铁路线并不是笔直地横贯印度全境。直线距离只有 1000 到 1100 英里，火车即使以中等速度行驶，也用不了 3 天就可以跑完全程。但这条线因为要延伸到半岛的北部，到达阿拉哈巴德，所以，起码增长了 1/3。

　　下面是"大印度半岛铁路"沿线的大站。火车从孟买开出，穿过萨尔赛特岛，进入塔纳对面的大陆，穿过西加特山脉，往东北方向驶去，直到布尔汉布尔，再沿几乎是独立的本德尔肯德邦领地，北上至阿拉哈巴德，然后向东折去，在贝拿勒斯与恒河相遇，再稍稍偏离恒河，向东南方下行，经布德万和法属殖民地金德讷格尔城，直抵终点站加尔各答。

　　"蒙古号"的旅客是下午 4 点 30 分在孟买下的船，而前往加尔各答的火车 8 点整开。

　　于是，福格先生辞别了牌友，下了船，详细地吩咐他的仆人要买些什么东西，并特别叮嘱他 8 点前赶到火车站。然后，他便像天文钟的钟摆数秒似的，一步一步匀速地向签证处走去。

　　这样，孟买的旖旎风光，他压根儿就没想到去观赏一番，不论是市政厅、豪华的图书馆、要塞、船坞、棉花市场、集市，还是清真寺、犹太教堂、亚美尼亚教堂和玛勒巴尔山上那饰有两座多角宝塔的宏伟寺院。他既没有去观赏象山的名胜古迹，又没有去欣赏那藏于海湾东南部的神秘的地下坟墓，也没有去观看佛教建筑那美妙绝伦的遗迹——萨尔赛特岛的康埃里石窟！

没有，他什么也没有去看！菲利亚·福格出了签证处，便不慌不忙地来到火车站，并在站上吃了晚饭。大师傅认为，在其他菜肴之外，应该向他推荐一种"当地特产"——白葡萄酒烩兔肉，说是美味可口极了。

菲利亚·福格接受了，点了这道菜，仔细地品尝了一番，但尽管加了调味香料，他仍觉得这菜难吃极了。

他把大师傅叫了来。

"先生，"他定睛注视着大师傅说，"这就是兔子肉？"

"是的，老爷，"大师傅厚着脸皮回答说，"是丛林中的兔子。"

"你们宰它的时候，它没有喵喵叫吧？"

"喵喵地叫了！啊！老爷！是兔子肉！我向您发誓……"

"厨师长先生，"福格先生冷冷地说，"您就别起誓了！但您得记住这一点：从前，猫在印度被视作神圣不可侵犯的动物。那时候可真是黄金时代。"

"猫的黄金时代吗，老爷？"

"也许对于旅客来说也是黄金时代！"

福格说完这话又静静地继续吃他的饭。

就在福格先生下船不久，警探菲克斯也下了船，直奔孟买警察局去找局长。他对局长亮明了自己的警探身份，说明了自己所负的使命以及他所掌握的窃案嫌疑犯的情况。他问局长是否收到从伦敦发来的逮捕令。局长说他什么也没有收到。不过，说实在的，逮捕令在菲克斯走后即已发出，但还不可能到孟买。

菲克斯十分狼狈。他希望从局长那儿得到一张针对福格先生的逮捕令。局长表示拒绝。因为这案子属伦敦警视厅负责，只有伦敦方面才有权签发逮捕令。这种严格的原则性，这种对法律的一丝不苟，是完完全全符合英国人的习俗的：但凡涉及个人自由的事，是绝不允许任何武断做法的。

菲克斯没有坚持。他明白他只有耐心地等着拿到伦敦发来的逮捕令。但是，他决心在那个神秘莫测的混蛋滞留孟买期间，紧紧地盯牢他。他相信菲利亚·福格会在孟买停留的——而且，大家知道，"万事达"也对此深信不疑——这就有时间等着发来逮捕令了。

但是，自从听到主人离船时对他的吩咐之后，"万事达"便十分清楚了，这次到孟买，同到苏伊士和巴黎一样，只是路过而已，起码要继续前行至加尔各答，甚至更远。因此，他开始琢磨，福格先生莫非真的很认真地对待他打的那个赌？莫非自己原指望过上安生日子，命运却偏偏要他用 80 天时间环游地球？

"万事达"买了几件衬衣和几双袜子之后，暂且在孟买街头溜达开来。街上人很多，熙来攘往，在不同国籍的欧洲人中间，夹杂着头戴尖顶软帽的波斯人、头缠一圈圈布带的邦雅斯人、戴着方软帽的信德人、身穿长袍的亚美尼亚人和戴着黑色头巾的帕尔西人。这一天正好是帕尔西人（或称盖伯尔人）的一个节日。他们是信奉拜火教部族的嫡系后裔，是印度人中技艺最好、文化最高、脑子最灵、最刻苦的部族，今天孟买当地的富商巨贾都属于这个部族。这一天，他们正在举行一种宗教狂欢节，有仪式游行和娱乐活动，一些身披金丝银线绣制的粉红纱丽的少女，合着琴声鼓点，婀娜多姿地跳着舞，落落大方，端庄秀雅。

用不着多说，"万事达"一见这奇异的宗教仪式，便把眼睛睁得大大的，耳朵竖得高高的，那副模样、那副神态，大家可以想象得出来，活脱一个从未见过什么世面的大傻瓜。

对于他和可能危及其旅行的主人来说，不幸的是，"万事达"的好奇出了格，过了分。

"万事达"在看了帕尔西人的这种狂欢节之后，确实是在往车站走，可他在路过玛勒巴尔山的那座美丽寺院时，突然心血来潮，想跑进去参观一番。

但他有两件事不知道：首先，有些印度教寺院明文规定禁止基督教徒闯入；再有，就连印度的宗教信徒要进寺院，也得把鞋脱在门外。这里应该指出，英国政府出于政治上的谨慎考虑，也很尊重并保护当地的宗教，不容许有丝毫的亵渎，稍有触犯，必严惩不贷。

"万事达"没想到会闯下大祸，他像个普通游客似的走进去了，在玛勒巴尔山寺院内欣赏着婆罗门教那金碧辉煌、光彩夺目的装饰。突然间，他被掀翻在神圣的石板地上。三个僧侣怒目圆睁，扑到他的身上，扯下了他的鞋袜，开始边大声臭骂边拳打脚踢起来。

壮实灵活的法国小伙子翻身跃起。他只一拳加一脚，便打翻了三个对手中的两个，趁他们被其长袍裹缠着之机，撒开两腿，冲到寺外。转瞬之间，便把那一边跟踪追来，一边呼人相帮的第三个对手甩下老远了。

8点差5分，离开车只有几分钟了，"万事达"光着脑袋，赤着双脚，赶到了火车站，连刚刚买的那包东西也在打架时给丢了。

菲克斯正在发车的那个站台上。他尾随福格先生来到火车站，明白了这个混蛋马上就要离开孟买。他立即打定主意跟着他到加尔各答，即使走得再远，他也是跟定了。"万事达"没有看见菲克斯，因为警探待在暗处，可菲克斯却听见了"万事达"简单地向主人叙述他的险遇。

"希望您下次别再出这种事。"菲利亚·福格简单地说完，便上了车厢。

可怜的小伙子光着脚，神情沮丧地跟随主人上了车，一声也没吭。

菲克斯刚要上另一节车厢，突然脑子一转，改变了初衷，决定留下了。

　　"不，我得留下，"他思量着，"在印度境内犯了罪……我就可以抓人了。"

　　这时候，火车头发出一声响亮的汽笛声，火车随即消失在黑夜之中。

第二部　假装糊涂

第十一章
菲利亚·福格以惊人的价钱买下了一头大象

列车正点开出了。上面装了不少旅客，其中有军官、文职官员以及贩运鸦片和蓝靛去半岛东部的商人。

"万事达"跟主人坐在同一个座席间里。对面角落里还坐着一位旅客。

这位旅客是个少将，名叫弗朗西斯·克罗马蒂，是福格先生从苏伊士到孟买旅途上结识的一个牌友，准备回到贝拿勒斯附近的部队驻地去的。

弗朗西斯·克罗马蒂先生身材高挑，一头黑发，50岁光景，在印度士兵最近的那次大哗变中表现极为出色。他真的称得上是个"印度通"。自年轻时起，他就住在印度，很少回老家去。他是个很有学问的人，假如菲利亚·福格是个喜欢打听的人的话，弗朗西斯·克罗马蒂先生是会很乐意地告诉他有关印度的风土人情、历史文化和组织机构的情况的。可福格先生什么也不打听。他不是在旅行，而是在绕地球兜一圈。他是个严肃的人，在按理论力学的规律循着轨道绕地球转一圈。此刻，他正在脑海里计算着他从伦敦出发后所用去的时间。如果他生性爱做无用动作的话，他准会高兴得搓搓双手的。

弗朗西斯·克罗马蒂先生并非没有看出他旅伴的特别，尽管他只是在打牌时或两盘之间计分时才打量一下他。因此，他不无道理地在纳闷，此人外表如此冷漠，胸腔里是否有颗心在跳动？菲利亚·福格对大自然之美，对饮食男女是否有所感触？对此，他百思不得其解。少将曾遇到过许许多多特别的人，可是没有一个能与精密科学造就的这个尤物相比拟的。

菲利亚·福格一点儿也没有对弗朗西斯·克罗马蒂先生隐瞒他环游地球的计划，连在什么条件下进行这次环游的也都告诉了他。少将认为打这个赌纯粹是一种毫无意义的怪癖，有这种怪癖的人脑子里必然缺少指导一切正常人行为的那根"弦"。这位古怪绅士照这样下去，无论对他自己，还是对别人来说，显然都将"一事无成"。

火车开出孟买一小时之后，经由高架铁路桥越过了萨尔赛特岛，在印度大陆上奔驰着。

到了卡连安站，火车把通往坎达拉和普纳向印度东南延伸的那条支线撇在了右边，驶抵波威尔站。从这里开始，火车便驶入纵横交错的西高特山脉之中。这一山脉以阶梯岩和玄武岩为主，其主峰上都长满着茂密的树林。

弗朗西斯·克罗马蒂先生和菲利亚·福格时不时地聊上几句。谈话的时候，总是少将先提起话头，但往往又进行不下去：

"要是搁在早几年，福格先生，您在这儿就会受阻，可能危及您的旅行计划。"

"那为什么呀，弗朗西斯先生？"

"因为铁路到这山脉脚下就断了，您得坐轿子或骑小马到对面山坡上的坎达拉火车站去换车才行。"

"即使有这种耽搁也影响不到我的计划，"福格先生回答说，"某些可能遇到的阻滞早在我的预计之中了。"

"可是，福格先生，"少将又说，"您的仆人闯下的祸就差一点儿坏了您的事。"

"万事达"的脚裹在毛毯里，睡得正香，压根儿就没想到有人会谈到他。

"英国政府是不无道理地极其严厉地处理这类不法行为的，"弗朗西斯·克罗马蒂先生接着说道，"英国政府非常重视，要大家尊重印度人的宗教习俗，假如您的仆人被抓到了的话……"

"唔，假如他被抓到了，弗朗西斯先生，"福格先生回答说，"他就会被判罪，就要服法，服完法之后，再老老实实地回到欧洲去。我看不出这事怎么就会耽误他主人的旅行呢？"

谈话到此又打住了。入夜，火车穿过高特山脉，通过纳西克。第二天，10月21日，火车飞驰在堪德什地区的一片比较平坦的原野上。精耕细作的土地上，零星散布着一些小镇，寺院的尖塔替代了欧式教堂的钟楼，矗立于小镇上空。无数条小河，多数是戈达沃里河的支流和河汊，灌溉着这片肥沃的土地。

"万事达"醒来，四下瞧瞧，简直无法相信自己正乘着"大印度半岛铁路"的火车穿越印度原野。这似乎让他觉得不像是真事儿，可恰恰又是千真万确的呀！火车头由一个英国司机驾驶着，烧的是英国煤，喷出条条烟雾，飘散在一片片棉花、咖啡、豆蔻、丁香和红胡椒种植场上空。在一丛丛棕榈树周围，火车喷出的烟雾缭绕盘旋。树丛中，是一些如诗如画的带游廊的平房、破败的修道院似的佛寺和以印度建筑千变万化的装饰为之增光添彩的金碧辉煌的庙宇。

再往前行，便是一望无垠的广袤平川，以及片片热带丛林，林中毒蛇猛兽出没，火车的汽笛声响吓坏了它们。再过去，但见一片片森林，铁轨把它一劈两半，林中常见大象，它们若有所思地看着火车呼啸而过。

这天早上，过了马利甘姆站，旅客们便进入了一个凶险地区，亦即死亡女神凯丽的信徒们经常杀人的地方。不远处，屹立着艾洛拉寺以及它那一座座令人赞叹的宝塔。再过去，就是著名的奥伦加巴城。此城原是剽悍的奥伦扎布王的京城，现在是尼赞王国的一个下属省的首府。图格会首领、绞杀帮大王费林加正统治着这一带。这帮杀人凶手聚集成一个无法捕获的帮会，以祭奉死亡女神为名，不管受害者年长年幼，统统绞死，不见流血。有一段时期，在这一带随便一处都能找到尸体。英国政府已尽了最大的努力来制止这种杀人勾当，而且收获颇大，但那可怕的绞杀帮依然存在，并且还在杀人。

12点30分，火车驶进布尔汉布尔站。"万事达"花高价买了一双缀着假珍珠的当地人穿的拖鞋，不无得意地穿在脚上。

旅客们草草地吃完了午饭，沿着塔帕蒂河——这是一条小河，在苏拉特附近流入坎贝湾——溜达了片刻，然后，又上了火车，前往阿苏古尔。

还是顺便介绍一下"万事达"此时此刻脑子里都有哪些想法的好。在到孟买之前，他一直认为，而且有理由相信，到了孟买旅行就将结束了。可现在，自打火车在飞快地穿越印度时起，他脑子里的想法来了个大翻个儿。他的本性转瞬之间便复萌了。他又寻找回来他年轻时的那些幻想，认真地看待自己主人的旅行计划了，相信这次打赌是千真万确的。因此，相信这次环游地球，并且是以极短的时间，不得超过的时间来完成也是确定无疑的。他甚至已经开始

为可能的延误以及途中可能突发的事故而担起心来。他觉得自己与这笔赌注密切相关，一想到自己头一天因为不可饶恕的莽撞差点儿误了大事而战栗不已。因此，由于他不像福格先生那么冷静，所以他比后者更加心事重重。他把已经过去的天数算过来算过去的；他诅咒火车老是停个没完；他责怪火车开得太慢；他暗自埋怨福格先生没有许给火车司机一笔赏钱。诚实的小伙子并不知道，轮船上能行的事，到了火车上就行不通了，因为火车的速度是有一定之规的。

傍晚时分，火车驶入苏特普的群山狭道之中，山两边分别是堪德什邦和本德尔肯德邦的土地。

第二天，10月22日。因为弗朗西斯·克罗马蒂先生问时间，"万事达"便掏出表来看了看说："凌晨3点。"实际上，这块宝贝表始终是按格林尼治时间走的，而格林尼治位于西边约77°经线上，应该慢而且确实慢4个小时。

弗朗西斯·克罗马蒂先生指出"万事达"弄错了时间，说出了后者已从菲克斯那儿听到过的同样的一番道理。他试图让"万事达"明白，每到一地，就得按新的子午线拨正表，还说，因为总是朝东，迎着太阳走，白天就愈来愈短，每过经度1°，就要短4分钟。可是他说也是白说。不管这固执的小伙子是否听明白了少将的话，反正他硬是不肯把表往前拨，始终让自己的表按伦敦的时间在走。不过，这怪癖也无伤大雅，又不会损害到谁。

上午8点，在距罗塔尔还有15英里的地方，火车在一片宽阔的林间空地上停下来了。空地周围有几幢带游廊的平房和工人住的小屋。火车司机沿着各个车厢说道：

"旅客们请在这儿下车。"

菲利亚·福格看了看弗朗西斯·克罗马蒂先生，后者看来也不明白火车为什么停在这片罗望子树林中。

"万事达"也挺惊讶,他跳下车,可几乎是说话间就又回来了。他喊道:

"先生,铁路到头了!"

"您在说什么?"弗朗西斯·克罗马蒂先生问道。

"我是说火车不能再往前走了!"

少将立即下了火车。菲利亚·福格不急不忙地也跟着下了车,他俩走去问车长。

"我们这是到哪儿了?"弗朗西斯·克罗马蒂先生问。

"科尔比镇。"车长回答。

"我们就停这儿了?"

"那当然。铁路还没修完……"

"什么!铁路还没修完?"

"没有!从这儿到阿拉哈巴德还有一段50来英里的路段要修,才能接上那一头的路段呢。"

"可报纸已经宣布说是全线贯通了!"

"那有什么办法,长官,报纸弄错了。"

"可你们卖的是从孟买到加尔各答的票呀!"弗朗西斯·克罗马蒂先生又说,他开始有点儿生气了。

"那没有错,"车长回答说,"但是,旅客们都很清楚,从科尔比到阿拉哈巴德他们得自己想办法。"

弗朗西斯·克罗马蒂先生火冒三丈。"万事达"真恨不得把这个无能为力的车长狠狠地揍一顿。他都不敢看他的主人。

"弗朗西斯先生,"福格先生若无其事地说,"如果您愿意的话,咱们来想办法到阿拉哈巴德去。"

"福格先生,这耽搁可是对您的旅行计划非常不利呀!"

"不,弗朗西斯先生,这我已经预计到了。"

"什么！您早就知道这段路……"

"这我可一点儿也不知道。不过，我知道一路之上，迟早都会出现这样那样的耽搁的。但没什么会坏我事的。我还有两天的富余时间。25 日中午，有一班轮船从加尔各答开往香港。今天才 22 日，我们会及时赶到加尔各答的。"

他说这话时是那样信心十足，也就没什么好说的了。

铁路千真万确是只修到这儿。报纸就像某些总是走得快的表似的，提前宣布铁路已全线贯通了。大部分旅客都知道这一段尚未完工，他们赶忙下了火车，抢着雇用小镇所拥有的各种各样的交通工具：四轮车、瘤牛——一种驼峰牛——拉的车、宛如活动宝塔似的旅行车、轿子、小种马等。因此，福格先生和弗朗西斯·克罗马蒂先生找遍了全镇也没雇着，空着双手回来了。

"我将走着去。"菲利亚·福格说。

"万事达"已走回到主人身边，他看了看自己的那双精美但不经磨的拖鞋，不禁做了个意味深长的鬼脸。但幸好，他已经有所发现，不过有点儿犹豫。

"先生，"他说，"我想我找到了一个交通工具。"

"什么交通工具？"

"大象！离这儿百十来步，有个印度人，他有一头大象。"

"咱们去看看那头大象。"福格先生说。

5 分钟之后，菲利亚·福格、弗朗西斯·克罗马蒂先生和"万事达"来到了一间茅屋前。茅屋旁用高高的栅栏围起了一圈。茅屋里住着一个印度人，栅栏圈里圈着一头象。应福格先生及其两个同伴的要求，那印度人领他们进到栅栏圈里。

他们在里面看见了大象。这头大象已经快要被驯服了。主人驯养它并不是为了当大牲口用，而是驯养来干仗用的。为此目的，他一开始就注意改变大象的温和性情，使它逐渐地变得凶猛异常，成为印度语称作"玛奇"的猛兽。为此，在3个月中，他一直喂它白糖和黄油。这种喂法似乎并不可能产生这样一种效果，但养象者们用这种方法确实取得了成功。对于福格先生来说，真是巧极了，这头大象才刚刚开始这么驯养，还没有变成一头"玛奇"。

大象名叫"奇乌尼"，与它所有的同类一样，能够长途跋涉，跑起来飞快。因为没有其他坐骑，菲利亚·福格决定乘这头大象。

但是，大象在印度很金贵，因为印度的大象已开始变得稀少了。特别是适合马戏表演的公象就更加弥足珍贵了。这种动物一经驯化，就极少繁殖了，只有靠打猎捕获。因此，它们成了精心照料的宠物。所以，当福格先生问那个印度人愿不愿意把大象租给他时，遭到了对方一口回绝。

福格先生坚持要租，出了一个极高的价：1小时10英镑（250法郎）。主人不肯。20英镑？仍遭回绝。40英镑？还是不干。"万事达"每听到加一次价，都要吓一大跳，而那印度人却不为所动。

这个租价可是够高的。假设大象需要15个小时才能跑到阿拉哈巴德的话，它就能够给它的主人挣回600英镑（1.5万法郎）。

菲利亚·福格一点儿也不着急。他向那印度人提出买他的大象，并且一开口便出1000英镑（2.5万法郎）。

印度人不愿卖！也许这个滑头嗅出了这是一笔大买卖。

弗朗西斯·克罗马蒂先生把福格先生拉到一边，让他好好考虑一下再加价。菲利亚·福格回答他的同伴说：他从来没有做事不加考虑的习惯；这最终关系到一个2万英镑赌资的事；这头大象是他所必需的，哪怕是付高于时价20倍的价钱，他也势在必得。

福格先生走回去找那个印度人。后者的两只小眼睛闪着贪婪的光芒，使人一眼便能看出只不过是价钱多少的问题。菲利亚·福格相继开出 1200 英镑、1500 英镑、1800 英镑，最后开出 2000 英镑（5万法郎）。"万事达"平时那张红扑扑的脸，一下子气得发白了。

2000 英镑使那个印度人松口了。

"我以我的拖鞋发誓，""万事达"嚷嚷道，"象肉卖得可真够贵的！"

生意成交了，现在的问题是找一个向导。这事容易得多。一个看上去挺聪明的帕尔西人愿意带路。福格先生同意雇他，并许给他一笔丰厚的报酬，致使后者更加卖力。

大象被牵了出来，立即装备就绪。帕尔西人对"驭象人"或向导这种行当非常在行。他用一种鞍褥盖在象背上，在大象两侧挂上两个很不舒服的某种双椅驮鞍。

菲利亚·福格从那只宝贝旅行袋里取出钱来，付给那个印度人。这钱真的就好像是从"万事达"的五脏六腑里掏出来似的。然后，福格先生提出把弗朗西斯·克罗马蒂先生捎到阿拉哈巴德火车站。少将同意了。多一个人乘也累不着那庞然大物的。

他们在科尔比镇买了一些食物。弗朗西斯·克罗马蒂先生在一边的驮鞍里坐下了，菲利亚·福格坐在了另一边的那一个驮鞍。"万事达"骑坐在鞍褥上，居于他主人和少将中间。帕尔西人骑在象脖子上。9 点钟，大象离开了小镇，抄近道钻进茂密的蒲葵树林中去。

第十二章
菲利亚·福格一行冒险穿越印度密林

　　为了抄近道，向导把尚在修筑的铁路线撇在了右边。这条线，由于温迪亚山脉犬牙交错，就不能像菲利亚·福格所希望的那样取一条直道。帕尔西人向导对当地的大路小道了如指掌，声称从森林中直插过去，可以少走20来英里，所以大家都相信了他。

　　菲利亚·福格和弗朗西斯·克罗马蒂先生深埋在驮鞍里，只露出个脑袋来。驮象者赶着大象狂奔，颠得他俩左摇右晃的。但是，他俩都以英国人所固有的冷静忍受着，不过，他俩不怎么交谈，只是偶尔互相看上一眼。

　　至于"万事达"，他骑在象背上，颠簸之苦更甚。他遵从主人的告诫，尽量不让舌头待在上下牙齿之间，因为那样会一下子把舌头咬断的。这忠厚的小伙子，忽而被颠到象脖子上，忽而被甩到象的臀部，仿佛马戏团的小丑在玩弹跳板。但是，在这"鲤鱼打挺"的过程中，他还在说说笑笑、嘻嘻哈哈的，时不时地从旅行袋中掏出一块糖来逗"奇乌尼","奇乌尼"用长鼻子把糖块裹走,但脚步仍旧没有放慢。

走了两小时之后,向导让大象停下来休息一小时。大象在附近水潭中先喝足了水,又大嚼了一顿嫩树叶和小树枝。弗朗西斯·克罗马蒂先生不反对小憩一下。他都快要颠散架了。福格先生宛如从床上爬起来似的精神非常饱满。

"他真是铁打的!"少将钦羡地看着福格先生说。

"是锻造的。""万事达"一面忙着准备简单的午餐,一面接着话茬说。

中午时分,向导示意大家上路。走了不一会儿,眼前便呈现出一片蛮荒景象。大片茂密森林的后面,连接着一片罗望子果树林和矮棕榈树林。再往下,便是广袤一片的贫瘠平原,蔓生着一些荆棘杂树,还随处可见一些大块的岩石。本德尔肯德的这一大片地方,很少有旅行者涉足。这里住着一些狂热的人群,恪守着印度宗教最可怕的教规。英国没有能在这片印度土王的势力范围内实行真正的统治,更不用说去管辖温迪亚群山中的那些人迹罕至的边远地区了。

福格等人有好几次看见一群群杀气腾腾的印度人瞧着奔驰的大象,在挥动拳头吼叫着。不过,帕尔西人向导把他们视为灾星,总是尽量地避开他们。在这一天里,一路上很少见到野兽,偶尔遇上几只猴子在边溜边装腔作势地大做怪相,"万事达"觉得非常好玩。

"万事达"原本就有许多忧心的事,现在正有一件让他心烦:到了阿拉哈巴德火车站之后,福格先生将怎样处置这头大象呢?带上它一起走?不可能!买它的钱外加运费,那可得把人弄得倾家荡产的。把它卖掉?把它放了?这头了不起的畜生倒是真值得让人怜爱。万一福格先生把它当作礼物送给他"万事达",那可就让他大为其难了。这事可真叫他烦心。

　　晚上8点，温迪亚山脉的主峰已经翻过，这群远行者就在北坡脚下的一间破败小屋里打尖了。

　　这一天走了有25英里光景，离阿拉哈巴德火车站还有很远的路程。

　　夜气袭人。驭象者在小屋里用干树枝生起了一堆火，暖洋洋的，大家都觉得惬意。晚餐就是在科尔比镇买的那些食物。旅行者们都累得散架了，草草地吃了晚饭。饭后，一开始还断断续续地扯了几句，不一会儿，大家便都鼾声大作了。向导守着大象，大象也靠在一棵大树的树干上站着睡着了。

　　一夜平安无事。偶尔有几声猎豹的呼啸，夹杂着猴子的尖叫，打破这夜晚的寂静。不过，这些野兽只是叫叫而已，对小屋的客人们没有丝毫威胁的意思。弗朗西斯·克罗马蒂先生像个疲惫不堪的行伍老兵似的酣睡不醒。"万事达"睡得很不踏实，老是梦见白天骑象折腾的情景。至于福格先生，他像是睡在萨维尔街的家中一样安稳。

　　早上6点，他们又上路了。向导希望当天晚上赶到阿拉哈巴德车站。这样的话，福格先生自旅行开始以来节省下来的那48小时就只损失了一部分而已。

　　他们下了温迪亚山脉最后的几段斜坡。"奇乌尼"已经在快速奔跑。将近中午时分，向导绕过位于恒河支流卡尼河畔的卡伦杰小镇。他总是避开有人住的地方，感到在这荒野上更加安全。这片荒野预示着到了这条大河盆地的洼地了。阿拉哈巴德车站就在东北方向不到12英里的地方。他们在一片香蕉树丛下小憩，那香蕉跟面包一样能果腹，旅行者们非常赞赏，说是"像奶酪一样香甜可口"。

　　到了下午2点，向导赶着大象钻进一大片茂密的森林，他们得走上好几英里才能穿越过去。他宁可这样在树木的遮掩下前行。不管怎么说，到目前为止，他还没遇上任何麻烦。看样子一路上会平安无事的。可是，突然间，大象有点儿焦躁不安，停下不肯走了。

这时正是下午 4 点。

"怎么回事？"弗朗西斯·克罗马蒂先生从驮鞍里探出头来问道。

"不知道，长官。"帕尔西人边回答边竖起耳朵注意地听茂密树林里传过来的低低的嘈杂声。

过了不一会儿，这嘈杂声变得清晰可辨了，像是一场音乐会，有人声和铜乐声，不过离得很远。

"万事达"眼睛睁得大大的，耳朵竖得高高的。福格先生则闷声不响，耐心地静观着。

帕尔西人跳下地来，把大象拴在一棵树的粗干上，自己则钻进最繁茂的灌木丛中。几分钟过后，他跑回来说：

"是婆罗门教徒的仪式游行，正在往这边走来。咱们尽量别让他们看见。"

向导解下大象，牵进一处树丛中，并叮嘱旅行者们千万别下来。他自己则随时准备着，如果不得不逃的话，便马上跳到大象身上逃走。不过，他寻思，游行的信徒们虽然会走过去，但发现不了他们的，因为浓密的树叶把他们给完完全全遮挡住了。

人声和乐声混杂着传了过来。鼓鸣钹响之中，夹杂着单调的歌声。不一会儿，仪式队伍的排头来到了树林中，离福格先生他们藏身之地 50 来步远。他们透过树枝，清晰地看出这支宗教仪式队伍里的奇形怪状的人。

走在排头的是一些头戴僧侣冠、身披花袈裟的僧侣，前后左右簇拥着一些男人、妇女和儿童，高唱着某种挽歌。歌声与鼓声、钹响声此起彼落，间隔有序。在他们身后的是一辆大轱辘车，车辐和轮缘上雕着一条条绞缠在一起的毒蛇。车上有一座狰狞丑陋的雕像，由披着华丽马披的4头瘤牛拉着。这座雕像有4条胳膊,全身暗红,眼露凶光,披头散发,舌头伸出,嘴唇绛红,脖子上戴着一个骷髅头项圈,腰上系着断臂接成的腰带,立在一个卧伏着的无头巨兽身上。

弗朗西斯·克罗马蒂先生认出了这尊雕像。

"凯丽女神,"他喃喃道,"爱情和死亡女神。"

"是死亡女神我同意,可要说是爱情之神我可绝不同意!""万事达"说,"那简直是个老妖婆!"

帕尔西人示意"万事达"别吭声。

在这座雕像周围,一群身穿赭石色斑马纹、身上有道道可怕的流血刀口的老苦行僧,在手舞足蹈、疯疯癫癫、摇摆扭曲着。他们是一些愚蠢的着了魔似的狂热僧人,在盛大的印度宗教仪式上,甚至甘愿扑向毗湿奴神①的战车轮子下去送死。

在他们后面,有几个穿着东方式华丽僧袍的婆罗门僧侣,拉着一个踉踉跄跄的女子往前走。

这女子年纪很轻,皮肤白皙如欧洲女人。脑袋上、脖子上、肩膀上、耳朵上、胳膊上、手指上、脚趾上,全都戴满了首饰:项链、手镯、耳环和戒指。身穿描金紧身内衣,外罩一件轻柔纱丽,体态轻盈、婀娜多姿。

在这个年轻女子身后,让人看着反差极大地跟着一队卫兵,出鞘的军刀别在腰上,身挎镶金长把儿手枪,抬着一顶滑竿,上有一具尸体。

那是一个老者的尸体,如生前一般穿着土王的华服,头上缠着

① 毗湿奴教是印度教的三大派之一。12世纪中叶形成,由罗摩奴创建。崇信最高神毗湿奴、毗湿奴的配偶吉祥天女和毗湿奴的各种化身,寺庙里有他们的神像。实行苦行、素食等禁欲主义生活。

缀有珍珠的头巾，身着绣金绸袍，腰系缀满钻石的开司米腰带，身佩印度土王的精制武器。

后面跟着的是乐师和一支狂热信徒组成的后卫队。他们的喊叫声不时地盖过震耳欲聋的乐器声。

弗朗西斯·克罗马蒂先生神情极其阴郁地看着这一长列队伍，转向向导说道：

"寡妇殉夫！"

帕尔西人肯定地点了点头，并用一根指头按在唇上让他别作声。长长的仪式队伍缓缓地在林中走过，不一会儿，队尾便消失在森林深处了。

歌声渐渐消失。远处还有几声喊叫，随即便万籁俱寂。

菲利亚·福格听见弗朗西斯·克罗马蒂先生说的那个词儿了。待仪式队伍一消失，他便问道：

"寡妇殉夫是怎么回事？"

"寡妇殉夫，福格先生，"少将回答说，"就是一种活人祭。不过，是一种心甘情愿的活人祭。您刚才看到的那个女人明天拂晓就要被烧死。"

"啊！这帮畜生！""万事达"气得憋不住了，大声骂道。

"死的那人是谁？"福格先生问。

"是一个土王，是那女人的丈夫，"向导回答说，"是本德尔肯德邦的一个独立的土王。"

"怎么！"菲利亚·福格又问，但声调并未显出一点激动来，"这种野蛮的习俗在印度至今仍然存在，英国人竟没能把它取缔掉？！"

"在印度的大部分地方，这种寡妇殉夫的习俗已经不再存在了。"弗朗西斯·克罗马蒂先生回答说，"可是，在这些蛮荒之地，特别是在本德尔肯德邦的领地上，我们就无能为力了。温迪亚山脉北部的整个地区就是个杀人越货、烧杀抢掳不停发生的大舞台。"

"可怜的女人!""万事达"喃喃道,"要被活活地烧死!"

"是的,"少将说道,"活活地烧死。可是,如果她不殉夫的话,您想象不出她的亲人们会把她逼到何种悲惨的境地。他们会剃光她的头,会不让她吃饱饭,会把她赶出家门,她会被看作下贱女人,最后像条癞皮狗似的死在什么地方。因此,一想到将来生不如死,这些不幸的女人便宁愿这么死了算了,根本不是为了爱情或宗教狂热。不过,有时候,殉夫却真的是心甘情愿的,政府必须百般阻挠才能制止得住。譬如,几年前,我当时正在孟买,有一个年轻寡妇跑来奏求总督恩准她殉葬。你们可以想到,总督没有批准。于是,那个年轻寡妇便离开了孟买,跑到一个独立的土王那里,了却了殉夫的心愿。"

少将在叙述的时候,向导直摇头,等少将说完,他便说道:

"明天天一亮就要烧死的那个女人可不是心甘情愿的。"

"您怎么知道?"

"这事在本德尔肯德邦尽人皆知。"向导回答说。

"可是,这个不幸的女人好像并未做任何反抗呀!"弗朗西斯·克罗马蒂先生指出。

"那是因为他们用大麻和鸦片的烟把她给熏晕了的缘故。"

"他们这是要把她弄到哪儿去?"

"弄到庇拉吉寺院去,离这儿有 2 英里。她将在寺院里过夜,等着天明殉夫。"

"殉夫在什么时候来着?⋯⋯"

"明天天一亮。"

向导说完便把大象从林子深处牵了出来,爬到象脖子上去。可是,当他正要吹口哨让大象上路的时候,福格先生拦住了他,一面对弗朗西斯·克罗马蒂先生说：

"咱们去救这个女子怎么样？"

"救这女子，福格先生！……"少将大声说道。

"我还富余 12 个小时，可以用来救她。"

"嗯！您可真是个热心人！"弗朗西斯·克罗马蒂先生说。

"有时候是的，"菲利亚·福格简单地回答道，"在我有时间的时候。"

第十三章
"万事达"再次证实好运总朝大胆的人微笑

这个计划是大胆的，困难重重，也许是行不通的。福格先生是要拿他的性命去冒险，或者至少是拿他的自由去冒险，但他并没有犹豫。此外，他发现弗朗西斯·克罗马蒂先生是个坚定不移的助手。

至于"万事达"，他已经准备好了，随时听候调遣。主人的想法令他激动不已。他感觉出主人那冷冰冰的外表下面，藏着的是一颗善良重情的心。他开始喜欢上菲利亚·福格先生了。

问题是那个向导。他在这件事上持什么态度？他会不会站在当地人一边呢？即使得不到他的帮助，起码也得让他保持中立。

弗朗西斯·克罗马蒂先生直截了当地向向导提出了这个问题。

"长官，"向导回答道，"我是帕尔西人，这个女人也是帕尔西人。您尽管吩咐好了。"

"很好，向导！"福格先生说。

"不过，你们得明白，"帕尔西向导又说道，"我们不仅有生命危险，而且，要是被抓住了，就会遭到酷刑的折磨。所以，你们看着办吧。"

"这我知道，"福格先生回答说，"我想，我们是不是等到天黑了再下手的好？"

"我也是这么想的。"向导回答说。

于是，这个正直的帕尔西人便讲了一些有关那个受害女子的情况。她是个美貌绝伦的印度美女，是帕尔西人，原是孟买一富商家的千金小姐。她在孟买接受了完全英国式的教育，看她的举止风度和文化教养，简直可以说是个欧洲女子。她芳名叫爱乌达。

她是个孤女，被迫嫁给那本德尔肯德的老土王。婚后仅 3 个月，她便成了寡妇。她知道等待着她的将是什么下场，便企图逃跑，但很快便被抓了回来，老土王的亲属认为这有关门风，她必须死，所以要她殉葬。看来她是在劫难逃了。

向导的这番话更加坚定了福格先生及其同伴仗义救人的决心。他们商量后决定，向导把大象牵向庇拉吉寺院，越靠近越好。

半小时后，他们在一个树丛中停了下来，离寺院有 500 步远。虽说看不到那座寺院，但狂热教徒们的吼叫声听得一清二楚。

于是，他们开始商量如何才能靠近那个受害女子。向导了解庇拉吉寺院，他肯定地说那年轻女子就被关在寺院内。可不可以趁那帮人喝醉了、呼呼大睡之机破门而入？或者是在院墙上挖个洞钻进去？这些都只能是到时候视情况而定。不过，有一点是毫无疑问的，那就是必须今夜里就动手救人。否则，天一亮，那女子就要被带到殉葬场了。到那时，任何人都无法搭救她了。

福格先生及其同伴们等待着夜幕降临。晚 6 点光景，天刚一擦黑，他们便决定先对寺院周围侦察一番。这时候，苦行僧们的嚷叫声已经止息。按照这些印度人的习惯，他们大概喝够了"盎格"——一种混有大麻汤的鸦片烟液——已经烂醉如泥了，也许有可能从他们当中溜进寺院里去。

帕尔西人领着福格先生、弗朗西斯·克罗马蒂先生和"万事达"，悄无声息地穿过树林，匍匐前行。在树下爬行了 10 分钟之后，他们来到了一条小河边，借着铁制火把尖上燃着的松树明子的光亮，隐约可见码好的一堆木柴。那就是焚尸柴堆，用的是一些上等檀香木，都是用芬芳的油浸泡过的。柴堆顶上，放着老土王熏过香的尸体，将同年轻寡妇一块火葬。离这个柴堆百步远，就是庇拉吉寺院，一个个宝塔尖顶在黑暗中耸立于树冠之上。

"过来!"向导低声说。

他倍加小心地领着同伴们悄悄地从蒿草丛中溜过去。

除了微风吹动树枝的沙沙声外，万籁俱寂。

不一会儿，向导便在林间空地的边缘处停住了。有几支松树明子照亮着前面的空场。地上横七竖八地躺满了烂醉如泥的人，宛如尸横遍地的战场。男人、妇女、儿童全都混在一起。有几个醉鬼还在东一个西一个地嘶哑地喘粗气。

远处的树丛中，庇拉吉寺院隐约可见。不过，令向导大失所望的是，土王的卫兵们正举着冒烟的火把，握着出鞘的刀剑，在寺院门前来回巡守着。可以料定，寺院内也有僧侣在巡夜。

帕尔西人没再往前走。他明白破门而入是不可能的。于是，他领着同伴们往后撤。

菲利亚·福格和弗朗西斯·克罗马蒂先生同向导一样清楚，从这边打主意是不可能的。

他们停下来，悄悄地商量着。

"咱们先等一等，"少将说，"反正才 8 点钟，这些卫兵有可能也得睡觉的。"

"这的确有可能!"帕尔西人回答说。

于是,菲利亚·福格及其同伴们便在一棵树下躺下来等待着。

他们觉得时间过得真慢!向导有时撇下大家到林边去观察一番。土王的卫兵们仍旧举着火把巡守着,而且,寺院的各扇窗户里也都透出微弱的光亮。

他们就这样一直等到半夜,情况依然没有变化,外面仍旧有卫兵巡守。显然,不可能期待卫兵们睡大觉,他们大概是没喝"盎格"。必须另想法子,从寺院墙上挖个洞钻进去。问题是不知僧侣们是否同守卫大门的卫兵一样警惕地看守着那个受害女子。

最后商量了一番之后,向导让大家准备好出发。福格先生、弗朗西斯·克罗马蒂先生和"万事达"跟在向导身后。他们绕了一个挺远的圈子,以便从寺院后面靠上去。

夜晚 12 点 30 分,他们来到寺院墙根下,没有遇上任何人。这一边没有任何警戒,不过,这边根本就没门没窗,用不着警戒。

夜色浓浓。这时正是下弦月,月亮刚刚离开浓云密布的地平线。参天的大树更增添了黑夜的浓重。

但是,光靠近墙根还不行,还得在墙上挖个洞才行。菲利亚·福格及其同伴们只带着小刀,解决不了问题。幸好,寺院院墙是砖木结构,不难凿开。一旦弄掉一块砖,其他的砖就容易弄掉了。

大家开始动手干起来,尽量地不弄出任何声响。帕尔西人在一头,"万事达"在另一头,一块一块地把砖弄掉,要弄出个两英尺见方的缺口来。

他们正这么忙乎着,突然听见院内发出一声喊,几乎立即有几声喊声从外面应答着。

"万事达"和向导住了手。是不是惊动了人?是不是发出了警报?小心没大错,赶紧走开。菲利亚·福格和弗朗西斯·克罗马蒂先生同他俩一样，也跟着躲开了。他们又蹲伏在密林深处，等着警报——如果真的是警报的话——解除，然后再继续干下去。

可是，真是倒霉透了，有几个卫兵出现在寺院后部，放上了哨，根本无法靠近。

他们四人只好停止挖墙，失望之情难以描述。现在，他们没法接近受害女子了，怎么搭救她呢？弗朗西斯·克罗马蒂先生心急如焚；"万事达"怒不可遏，向导费了好大劲儿才制止住他；镇定如常的福格先生声色不动地等待着。

"难道咱们只能离去了？"少将悄悄地问道。

"咱们只有离开了。"向导回答。

"等一等，"福格说，"我只要明天中午之前赶到阿拉哈巴德就行了。"

"您打算怎么办呀？"弗朗西斯·克罗马蒂先生说，"再过几个小时天就要亮了……"

"我们失去的机会可能在最后关头会重新出现的。"

少将真想从菲利亚·福格的眼神中看出他到底有什么想法。

这个冷静的英国人还指望什么？难道等到最后扑向年轻女子，明日张胆地从刽子手手中把她夺回来不成？

那简直是在发疯，怎么能想象这个人会疯到这种地步？然而，弗朗西斯·克罗马蒂先生仍然同意等到这个惨剧结束。可向导却不让同伴们待在原地，他把他们领回到林间空地原先躲藏的地方。他可以从那儿依靠树丛的遮掩，观察睡着了的那帮人。

这时候，"万事达"骑在一棵树下部的树枝上，反复琢磨起原先在他脑子里一闪而过、最后缠绕不去的一个念头。

他一开始还在嘀咕："那简直是疯了！"可现在，他却一再地念叨，"为什么不行呀？这是个机会，也许是唯一的一个机会，再说，对付这帮蠢货！……"

不管怎么说，"万事达"是铁了心了，他赶忙像条蛇似的，灵巧地从几乎垂到地面的低矮树枝上溜下来。

一小时一小时地过去了，很快，东方有点儿微弱的光亮，预示着天快亮了。不过，大地仍然一片漆黑。

时候到了。那帮昏睡的人像复活了似的醒转了过来。一群群的人骚动起来，鼓声响起来了，歌声叫声也响起来了。不幸的女子死亡的时刻来到了。

的确，寺院的门敞开了。从寺院内射出一道耀眼的光芒。福格先生和弗朗西斯·克罗马蒂先生可以隐约看出那个被火把照亮的受害女子，只见两个僧人把她往寺院外面拖来。他们甚至觉得，不幸女子在用最后的本能抵抗着药力，想从刽子手们的手里挣扎出来。弗朗西斯·克罗马蒂先生的心剧烈地跳动着，他痉挛地紧攥起菲利亚·福格的手，感觉出后者手里正握着一把打开的刀。

这时候，人群动了起来。年轻女子被大麻烟熏得又昏沉过去。她被拖拽着从念着经文的那帮护送她的苦行僧中穿过去。

菲利亚·福格及其同伴们混在后面的人群里，跟着年轻女子往前走。

两分钟之后，他们来到了河边，在离置放土王尸体的柴堆50步的地方停了下来。在若明若暗的晨曦微露之中，他们看见受害女子毫无生气地躺在她丈夫的尸体旁。

随后，一支火把拿过来了。浸透了油的木柴轰的一声燃烧起来。

这时候，菲利亚·福格一下子热血沸腾起来，要向柴堆冲过去，被弗朗西斯·克罗马蒂先生和向导死死地拉住了……

菲利亚·福格正把他俩推开的当儿，突然间，情况发生了变化——一声恐怖的惊叫声响了起来，所有的人全都被吓坏了，扑在了地上。

老土王竟然没死？人们看见他突然站起身来，像个幽灵似的，双手托起年轻女子，从烟雾腾腾的柴堆上走下来，宛如鬼怪现世。

苦行僧们、卫兵们、僧侣们，全都一下子吓蒙了，脸朝地趴在那儿，不敢抬头看一下这种怪事！

受害女子被抱着走过，那双手强壮有力，抱着她似乎一点儿也不费力。福格先生和弗朗西斯·克罗马蒂先生直愣愣地站着。帕尔西人低垂着头，"万事达"想必也惊得目瞪口呆的！……

复活的土王就这样来到了福格先生和弗朗西斯·克罗马蒂先生站着的地方，匆匆地说了一声：

"快走！……"

这是"万事达"干的！他在滚滚浓烟的遮掩之下，溜到柴堆旁边，趁着还黑漆漆的天色，把年轻女子从死神手中夺了回来！正是他，高兴而大胆地扮演了这救美人的角色，在惊呆了的人群中走了出来！

转瞬之间，他们四人便消失在密林中了，大象驮上他们飞奔而去。这时候，传来了一片喊叫声、鼓噪声，甚至还飞来一颗子弹，击穿了菲利亚·福格的帽子。这说明他们的计谋被识破了。

的确，燃烧着的柴堆上，老土王的尸体显露了出来。僧侣们从惊愕中醒过味儿来，明白了刚才有人把殉葬女人给劫走了。

僧侣们立刻冲进森林。卫兵们紧随他们之后，边追边射击。但抢劫者们在飞快地逃跑着，转眼之间，子弹和弓箭就射不着他们了。

第十四章
菲利亚·福格沿恒河谷下行，但无心赏其美景

大胆的营救成功了。一小时之后，"万事达"还在为自己的胜利大笑不已。弗朗西斯·克罗马蒂先生紧握着这个勇敢无畏的小伙子的手。他的主人对他说："不错。"在这位绅士的口中，这就是很高的赞许。对此，"万事达"则回答说，这件事的所有荣誉都属于他的主人，说他自己只不过是"突发奇想"而已。一想到他这个曾当体操教练、消防队班长的"万事达"，竟然当了一会儿一位美丽女子的丈夫，成了熏香的老土王，这真是让他乐不可支！

至于那个年轻的印度女子，她对所发生的事并不知情。她被裹在旅行毛毯里，在一边的一个驮鞍里正睡着。

大象被帕尔西人安然无恙地驾驭着，在仍然黑漆漆的森林中奔跑着。离开庇拉吉寺院一小时之后，它已奔驰在一片辽阔的平原上。7点钟，众人停下小憩。年轻女子始终昏睡不醒。向导给她灌了几口水和白兰地，但那麻醉药药力太强，还得一段时间才能苏醒过来。

　　弗朗西斯·克罗马蒂先生了解大麻烟熏之后的麻醉效力有多大，所以丝毫不为她担心。

　　不过，虽说少将脑子里并没有害怕年轻的印度女子醒不过来，但他对将来的事很没有把握。他明确地告诉菲利亚·福格说，如果爱乌达夫人留在印度，必将重新落入那帮刽子手的魔掌。这帮狂热之徒遍布整个牛岛，连英国警察也奈何不得，他们肯定会重新抓住受害女子的，不管她逃到马德拉斯、孟买还是加尔各答。为了证实自己所说的话，弗朗西斯·克罗马蒂先生还讲述了最近发生的一起情况相同的事。照他的看法，年轻女子只有在离开印度之后才能真正安然无恙。

　　菲利亚·福格回答说，他会注意他的这些意见的，会做考虑的。

　　10点光景，向导说是阿拉哈巴德车站到了。中断的铁路线从这里往下又通了，用不了一天一夜，就能跑完阿拉哈巴德到加尔各答的路程。菲利亚·福格应该及时赶到加尔各答，以便第二天，10月25日，搭上驶往香港的轮船。

　　年轻女子被抬到车站的一间屋子里。"万事达"负责去替她买一些梳洗用品、裙子、头巾、裘服，等等。这一切他都能一一办齐，因为主人给了他一张空白支票。

　　"万事达"立即出了车站，跑遍了全城的大街小巷。阿拉哈巴德是座圣城，是印度最受尊崇的城市之一，因为它建造在两条圣河——恒河和朱木拿河的汇合处。这两条圣河的河水把整个半岛的朝圣者都吸引了来。再说，大家都知道，根据《罗摩衍那》① 上的

---

　　① 梵文 Ramayana，一译《腊马延那》，意译《罗摩游记》《罗摩生平》或《罗摩传》。印度古代梵文叙事诗。与《摩诃婆罗多》并称印度两大史诗。印度教经典之一。主要写罗摩因受王后吉迦伊的嫉妒被放逐14年，妻子随行，但在森林中被魔王劫掠，后得猴王相助，夫妻团圆，恢复王位。罗摩被说成是护持神毗湿奴的一个化身。

传说，恒河之水源于天上，多亏了梵天①，它才流到人间的。

"万事达"一边购物，一边很快地看了看这座城市。该城从前有一个雄伟的城堡护卫着，现在，这城堡已变成了国家监狱。这座昔日的工商业城市，现在已无商业也没工业了。"万事达"怎么找也没有找到一家专营时新服饰的商店，就像在伦敦离法尔梅公司不远的雷根特街的服饰商店一样，但他还是在一个爱找碴儿的犹太老头开的旧货店里，找到了他所需要的物品：一条苏格兰衣料做的裙子、一件宽大的外套和一件漂亮的水獭皮大衣，他立即付了75英镑（1875法郎），然后便得意扬扬地回到了火车站。

爱乌达夫人开始苏醒了。庇拉吉寺院的僧人对她造成的恐惧影响在逐渐地消失，一双美丽的眼睛正在恢复印度女子的温馨。

当诗圣乌萨夫·乌多尔赞美阿梅纳加拉王后的迷人风采时，曾经这么写道：

> 她那乌光闪闪的秀发，
> 整齐地分在两边。
> 娇嫩白皙红扑扑的双颊，
> 被美发匀称地围绕着，
> 两条黛眉犹如爱神卡玛那有力的弯弓。
> 长长的如丝般的睫毛下，
> 两只大眼睛乌黑的瞳仁中，
> 闪烁着清纯的神光，
> 一如喜马拉雅圣湖中映出的光华。
> 细密整齐雪白的牙齿，

---

① 亦称"大梵天"，婆罗门教、印度教的创造之神。与湿婆、毗湿奴并称为婆罗门教和印度教的三主神。

闪耀在含笑的唇下，

仿佛一滴滴露珠浮于半开的石榴花上。

那对曲线对称的可爱的耳朵，

那双红润的纤纤玉手，

那两只像莲花一般丰腴而柔嫩的金莲，

戴着闪闪发亮的锡兰的美丽珍珠，

缀着戈尔贡德①的珍贵钻石。

她那杨柳细腰，

纤细轻柔，

使酥胸挺起，

青春的风采展现无遗。

紧身衣的丝褶下，

那完美无缺的腰身，

仿佛经维克瓦卡玛的神手雕塑而成，

似一件纯银制的永葆青春的艺术品。

　　不过，用不着这么多赞美的诗句，只需说一句，本德尔肯德土王的遗孀爱乌达夫人，就是完全按照欧洲人的审美标准，也是一个美丽动人的女子。她的英语非常纯正。向导在说这个年轻的帕尔西女子被教育成高贵的人时，丝毫也没有夸张。

　　这时候，火车就要从阿拉哈巴德车站开出了。帕尔西向导等着付酬。福格先生按说好的价钱跟他结清了账，没有多付他一个子儿。这有点儿令"万事达"吃惊，因为他知道向导忠心耿耿，他的主人欠后者不少的情。帕尔西向导在庇拉吉寺院的那件事上，确曾甘愿

――――――――――

　　① 印度古城名，以钻石和绘画学校而闻名于世。17世纪起，戈尔贡德王国在西方就充满了传奇色彩。

冒了生命危险的，要是日后印度人知道了这事，那他就难以逃脱他们对他的报复了。

还有"奇乌尼"的问题。花了这么大价钱买来的一头大象，如何处置是好呢？

不过，菲利亚·福格对此已经有了决定。

"帕尔西人，"他对向导说，"你干得很好，忠实可靠。你干的活我已付给你钱了，可是对你的忠实可靠，我还没付账呢。你想要这头大象吗？它归你了。"

向导的眼睛闪闪发亮。

"大人这是赏给我一大笔财富呀！"他嚷叫道。

"收下吧，向导，"福格先生回答说，"就这样我还是欠你的情的。"

"妙极了！""万事达"大声嚷道，"收下吧，朋友！'奇乌尼'是个忠实而勇敢的动物！"

"万事达"说着便向大象走去，递给它几块糖块说，"吃吧，'奇乌尼'，吃吧，吃吧！"

大象满意地哼了几声，然后，用长鼻卷住"万事达"的腰，把他举到与它的头一样的高。"万事达"一点儿也不害怕，亲切地抚摸着大象。大象又轻轻地把他放到地上，忠厚的"万事达"用手紧紧地握了一下象鼻子，以示对真诚的"奇乌尼"的回报。

一会儿过后，菲利亚·福格、弗朗西斯·克罗马蒂先生和"万事达"坐在了一节舒适的车厢里，爱乌达夫人占据了其中最好的位置。火车飞快地向着贝拿勒斯驶去。

贝拿勒斯离阿拉哈巴德顶多不过80英里，两小时便开到了。

在这段旅途中，年轻女子已经完全清醒过来，"盘格"的麻醉作用已经消失。

当她发现自己坐上了火车，穿着西式服装，同这些她毫不相识的旅客坐在这间座席间里的时候，她简直惊呆了！

一开始，她的同伴们无微不至地照料她，给她灌了几滴液体，让她苏醒。然后，少将把经过情形向她讲述了一遍。他一再强调菲利亚·福格的侠肝义胆，为了搭救她，竟不惜赴汤蹈火，以及多亏了"万事达"的大胆策划，终于成功地救下了她。

福格先生任凭少将去讲述，没吭一声。"万事达"则羞羞答答一个劲儿地说："这不值一提！"

爱乌达夫人泪流满面，泣不成声，激动不已地一一谢过她的救命恩人们。那双美丽的大眼睛比她的嘴更好地表达了她的感激之情。随即，她又想起殉夫的场景，眼睛看着这块仍有重重危难在等着她的印度大地，不禁浑身发抖。

菲利亚·福格知道爱乌达夫人此刻脑子里在想些什么，为了让她放宽心，他主动向她提议——不过，态度却是冷冰冰的——送她去香港，让她在那儿待到风波平息。

爱乌达夫人感激涕零地接受了这一建议。正好，在香港，她有一个亲戚，也是帕尔西人，是香港的一个巨商。香港虽说是中国的一处海岸，却完全是英国式的城市。

12点30分，火车驶入贝拿勒斯站。根据婆罗门教的传说，该城建在古卡西城的遗址上。卡西城从前悬于空中，有如穆罕默德的陵寝似的，位于天顶和天底之间。但是，在今天这个更为现实的时代，被东方学者称作"印度的雅典"的贝拿勒斯却实实在在地立在地上。"万事达"有时可以瞥见一些砖房、柴扉草屋，让人看着凄凉哀婉，没有一丁点儿地方特色。

弗朗西斯·克罗马蒂先生到这儿之后就不再往前走了。他所在部队就驻扎在城北几英里外。于是，少将便向菲利亚·福格告别，祝他一路顺风，顺顺当当，平平安安。福格先生轻轻地握了握少将的手。爱乌达夫人则热情地向他祝福。她永远也不会忘记弗朗西斯·克罗马蒂先生对她的大恩大德。至于"万事达"，他荣幸地受到了少将的热情握别。他受宠若惊地在寻思，何时何地才能再为少将效犬马之劳。然后，他们就分道扬镳了。

从贝拿勒斯起，铁路线有一段是沿着恒河河谷前行的。天空比较晴朗，车窗外呈现出贝哈尔千姿百态的秀丽景色。继续前行，可见群山披绿，青翠欲滴，田野上长着大麦、玉米和小麦，江河湖泊中聚满着浅绿色的钝吻鳄，一座座村庄整齐洁净，一座座森林仍旧绿油油的一片。有几头大象和一些瘤牛跑到圣河里洗澡，而且，还有一群群印度男女不顾天气转寒，虔诚地在做圣洗。这些善男信女都是佛教的死敌，是婆罗门教的狂热信徒。婆罗门教有三个化身：太阳神威斯奴、万物之神希瓦和僧人及立法者的最高主宰布拉玛。然而，当一艘汽船呼啸而过，搅浑了恒河的圣水，惊跑了在水面上飞翔的水鸟，吓走了岸边密密麻麻的龟鳖，惊扰了沿着河边躺着的信徒们的时候，布拉玛、希瓦和威斯奴会用什么样的目光看待这个现已"英国化"了的印度呀！

所有这一切像闪电一般一闪而过，而且，火车冒出的滚滚白烟还常常把景色遮得模模糊糊的。旅客们只能隐约瞥见离贝拿勒斯东南方20英里处的舒纳尔古堡（贝哈尔历代土王的古寨）、加兹普及其很大的玫瑰香水加工厂、矗立在恒河左岸的康沃利斯侯爵①陵、设防城节布萨尔、工商业重镇帕特那（印度主要的鸦片市场就设在该城），以及更加欧化、英国化的城市蒙吉尔，犹如曼彻斯特或伯明翰，以炼铁、铁器制造和刀剑制造而负有盛名。其高大的烟囱冒出

---

① 英国将军、侯爵，曾任印度总督，1738 年生于伦敦，1805 年死于印度贝拿勒斯附近。

的黑烟熏黑了布拉玛神的天空，对这座梦幻之城来说，真是大煞风景。

夜幕降临，火车飞速驶过，虎、熊、狼群号叫着纷纷逃窜。旅客们既看不见孟加尔的美景，看不见戈尔贡德以及成了废墟的古尔城，也看不见旧京城穆什达巴德和布德万、乌格利以及印度领土上的法国据点尚德纳戈尔。"万事达"本可以骄傲地看到自己祖国的国旗在其上空飘扬的。

早晨7点，加尔各答终于到了。开往香港的轮船中午才起锚。菲利亚·福格尚有5个小时的富余时间。

按照旅行计划，这位绅士应该在离开伦敦的第23天，即10月25日到达印度的加尔各答。他按时到达了，没早也没晚。不幸的是，他在伦敦至孟买之间所盈余的两天时间，在穿越印度半岛的旅途中，如大家所知地给占用掉了。不过，可以想象得出，菲利亚·福格对此并不感到遗憾。

第十五章
钱袋里又减少了几千英镑

火车到站了。"万事达"先下了车，福格先生跟着下了车，然后扶着他的女伴下到月台。菲利亚·福格打算直接登上开往香港的客轮，以便让爱乌达夫人舒舒服服地安顿下来。只要她还滞留在这个对她来说极其危险的国家，他就不愿离开她。

福格先生正要走出车站，一名警察走上前来说：

"您是福格先生吗？"

"正是。"

"这一位是您的仆人？"警察指着"万事达"又问。

"是的。"

"请您两位跟我走一趟。"

福格先生没有流露出任何一点儿惊奇之状。这位警察是法律的代表，而对于任何一个英国人来说，法律是神圣的。"万事达"是法国人，按他法国人的习惯，想争辩一番，可警察用警棍捅了捅他。

再说，菲利亚·福格也示意他服从人家。

"这位年轻女子可否陪我们一起去？"福格先生问道。

"可以。"警察回答。

警察领着福格先生、爱乌达夫人和"万事达"朝着一辆双马拉的四轮四座马车走去。他们坐上马车走了。

一路上，谁也没有吭声。马车走了约有20分钟。

马车先是穿过贫民区。那里街道狭窄，两旁尽是些小茅屋，挤满了流浪汉，全都脏兮兮的，穿得破破烂烂。然后，马车穿过"欧洲区"。那里一座座砖房整齐排列，椰子树浓荫密布，桅杆林立。尽管还是清晨，但已经有英武的骑士和豪华的马车在奔驰了。

马车在一座外表朴素但绝不是民宅的房子前面停了下来。警察叫他的囚犯们——我们真可以这么称呼他们——下车，然后，把他们带进一间窗户上装有铁栅栏的房间，对他们说：

"8点30分，奥巴代亚法官将要审讯你们。"

警察说完便走了出去，把门锁上。

"瞧呀！我们被抓起来了！""万事达"嚷叫着跌坐在一把椅子上。

爱乌达夫人立即转向福格先生，以一种她竭力掩饰而又掩饰不住的激动语调对他说：

"先生，您别再顾我了！是因为我，您才被抓起来的！这全是因为救我的缘故！"

菲利亚·福格只是说，不管她是不可能的。为了殉葬之事而抓他是绝不可能的。那帮僧人怎敢跑这儿来告状？一定是误会了。福格先生还说，不管出现什么情况，他都不会撇下这位年轻女子，一定要把她送到香港。

"可是船中午就开呀！""万事达"提醒说。

"中午前我们就会上船的。"冷静的绅士简单地回答了一句。

绅士说这话时那么肯定，以致"万事达"不禁自言自语道：

"当然！这是肯定无疑的！中午之前我们一定上船了！"可他心里直打鼓。

8点30分，关他们房间的门开了。那个警察又来了，他把三个囚犯领到隔壁的大厅里。这是一间审判庭，旁听席上人不少，有欧洲人也有本地人。

福格先生、爱乌达夫人和"万事达"在法官和书记官对面的长凳上坐下来。

法官奥巴代亚几乎立即进来了，后面跟着书记官。这位法官胖乎乎的，像个大圆桶。他把挂衣钉子上的一个假发取下来，熟练地戴在头上。

"开始第一个案子。"他说道。

可是，他用手摸了摸脑袋又说：

"咦！这假发不是我的！"

"没错，奥巴代亚先生，那是我的。"书记官回答。

"亲爱的奥伊斯特普夫先生，让一个法官戴上书记官的假发，您叫他怎么审好一个案子呀！"

于是，二人交换了假发。在他俩这么换戴假发的过程中，"万事达"可是急得像热锅上的蚂蚁似的，因为他觉得审判庭里的那只大钟，指针走得出奇的快。

"审理第一件案子。"这时，奥巴代亚法官又说道。

"菲利亚·福格来了吗？"书记官奥伊斯特普夫问道。

"来了。"福格先生回答。

"'万事达'来了吗？"

"来了！""万事达"回答。

“好!”奥巴代亚法官说,“被告,这两天我们一直在孟买开来的列车中找你们。”

“可是究竟指控我们什么呀?”“万事达”急不可耐地问。

“你们马上就会知道了。”

“先生,”于是,福格先生说道,“我是英国公民,我有权……”

“有人对你们无礼了吗?”奥巴代亚先生问道。

“没有。”

“那好!带原告出庭。”

法官发话之后,门开处,有三个印度僧侣被庭警带上庭来。

“果不出所料!”“万事达”喃喃道,“这正是要烧死爱乌达夫人的那帮混蛋!”

僧侣们站在法官面前。书记官大声念着一份指控菲利亚·福格及其仆人亵渎的诉状,指控他们玷污了婆罗门教圣地。

“您听清楚了吗?”法官问菲利亚·福格。

“听清楚了,先生,”福格先生一边看表一边回答说, “我承认。”

“啊!您承认了?……”

“我承认了,可我等着这三个僧人也承认他们在庇拉吉寺院的所作所为。”

僧侣们面面相觑。他们似乎一点儿也不明白被告在说些什么。

“毫无疑问!”“万事达”厉声吼道,“他们就是要在庇拉吉寺院前活活烧死一个无辜女人!”

三个僧人又一脸惊愕,法官奥巴代亚也惊讶不已。

“什么无辜女人?”法官问道,“要烧死谁呀!就在孟买城里?”

“孟买?”“万事达”惊问道。

“当然是孟买。不是什么庇拉吉寺院,而是孟买的玛勒巴尔山寺庙。"

"而且，这双玷污寺庙的鞋子就是物证。"书记官把一双鞋放在他的公案上补充道。

"我的鞋!""万事达"看见自己的鞋，惊奇万分，不禁失声喊了一声。

大家可以猜想得到主人及其仆人脑子里该有多乱。孟买玛勒巴尔山寺庙的事，他们早就忘了，而正是这件事把他们送到加尔各答法官面前的。

的确，警探菲克斯明白自己能够从他们遇上的这桩倒霉事上得到所有好处。他把自己动身的时间推迟了12小时，跑到玛勒巴尔山寺庙去给僧人们出谋划策。他很清楚英国政府对这类罪行是严惩不贷的，所以他告诉僧人们说必定能获得一大笔赔偿金的。然后，他让僧侣们乘上下一班火车，追踪亵渎犯们而来。但是，由于搭救年轻寡妇耗费了时间，菲克斯和印度僧人比菲利亚·福格及其仆人先到达加尔各答，而法院已接到电报，待主仆二人一下火车便立即逮捕。当菲克斯得知菲利亚·福格根本还没到达加尔各答时，可想而知他是多么的沮丧。他大概以为，他要抓获的窃贼在"大印度半岛铁路"中途的某个车站下了车，躲进了北部某地去了。菲克斯如热锅上的蚂蚁似的在火车站足足等了24小时，始终不敢有任何的懈怠。今天早上，当他看见窃贼从车上走下来，居然还不知从哪里弄来个年轻女子陪着，他那份高兴劲儿就甭提了，他立即派一名警察走上前去抓他。就这样，福格先生、"万事达"和本德尔肯德土王的遗孀便被带到奥巴代亚法官面前来了。

如果"万事达"不是全神贯注地聆听法官在审自己的案子的话，他本会发现在法庭一角，警探菲克斯正怀着不难理解的兴趣在注视着案件的审理，因为在加尔各答同在孟买和苏伊士一样，他仍然没有拿到逮捕令！

这时候，奥巴代亚法官已经把"万事达"脱口而出的供词记录在案了。后者真宁愿弃其所有，只要能收回他那不谨慎的话语。

"对事实供认不讳?"法官问道。

"供认不讳。"福格先生冷冷地说。

"鉴于，"法官说道，"鉴于英国法律对印度人民的所有宗教一视同仁，严加保护，鉴于'万事达'先生已供认于10月20日玷污了孟买玛勒巴尔山寺庙这一事实，本庭判决如下：被告'万事达'监禁15日并课以罚款300英镑（7500法郎）。"

"300英镑?""万事达"对罚款真的很敏感，不觉嚷道。

"肃静!"庭警厉声喝道。

"另外，"奥巴代亚法官接着说道，"鉴于福格先生无法提出有力的证据证明主仆二人并非同谋，鉴于福格先生理应对其仆人的所作所为负有完全责任，特判决：菲利亚·福格监禁8天，并罚款150英镑。书记官，审理下一案!"

菲克斯躲在角落里，感到说不出的高兴。菲利亚·福格在加尔各答被扣留8天，伦敦的逮捕令可用不了这么长时间就能到达。

"万事达"傻眼了。这么一判，可能就毁了他的主人。2万英镑的赌注输掉了，而这全都怪他爱瞎逛，跑到那个该死的寺庙里去!

菲利亚·福格好像这个判决与己无关似的坦然自若，连眉头都没皱一皱。但是，当书记官宣布审下一个案子时，他站起身来说：

"我交保释金。"

"那是您的权利。"法官回答说。

菲克斯感到背上一阵透凉，但很快便又放下了心来，因为他听见法官说道："鉴于菲利亚·福格及其仆人的外籍身份，保释金定为每人各缴1000英镑（2.5万法郎）。"

如果福格先生不愿服刑，就得缴 2000 英镑的保释金。

"我缴。"福格先生说。

他从"万事达"拿着的旅行袋里拿出一捆钞票，放在书记官的公案上。

"这笔钱等您日后服刑期满出狱时将归还给您。"法官说，"现在您交保获释了。"

"走吧。"菲利亚·福格冲他的仆人说。

"可是，起码让他们把鞋还我呀!""万事达"气哼哼地嚷道。

鞋还给了"万事达"。

"这鞋可真够贵的!"他咕哝着，"每只 1000 英镑! 还不要说它们给我带来的麻烦!"

福格先生让年轻女子挽着手臂走出法庭，"万事达"可怜巴巴地跟随在后面。菲克斯一直在盼着窃贼下不了狠心交出 2000 英镑保释金，而宁可去坐 8 天的牢。现在，他只好跟踪福格而去。

福格先生叫了一辆马车，带着爱乌达夫人和"万事达"立即上了车。菲克斯跟在车后面跑着。不一会儿，马车便在该城的一处码头停了下来。

"仰光号"停泊在离码头牛海里的海湾里，旗杆上已悬挂起开船的信号旗了。11 点钟敲响了，福格先生提前到了一小时。菲克斯看见他走下马车，同爱乌达夫人和他的仆人一起上了一条小船。菲克斯气得直跳脚。

"这混蛋!"他嚷叫着，"他真的走了! 2000 英镑扔了! 真像个大窃贼似的挥金如土! 啊! 我一定要追踪他到底，哪怕是天涯海角，可是，照他这么个挥霍法，偷来的钱还不全给花光了!"

警探菲克斯有充分的理由这么去想。的确，自从他离开伦敦以来，无论是旅费、赏钱，还是买大象、交保释金和罚款，一路上，菲利亚·福格就已经花掉了 5000 英镑（12.5 万法郎），这么一来，追回赃款应发给菲克斯的奖金就越来越少了。

第十六章
菲克斯对别人跟他说的事假装糊涂

"仰光号"是东印度公司的一艘跑中国海和日本海的客轮。该船是带螺旋桨推进器的铁壳汽船，重 1770 吨，正常动力为 400 马力。其航速与"蒙古号"一样，但不如后者舒适，因为爱乌达夫人住的没有像菲利亚·福格所希望的那样好。好在航程只有 3500 海里，也就是 11 天或 12 天的事，而且，年轻女子也不是个爱挑剔的乘客。

开船后的头几天里，爱乌达夫人对菲利亚·福格有了更广泛的了解。她利用一切机会向他表示深深的感激。冷静的绅士只是任她去说，至少在表面上是极其冷漠的，无论语气还是动作，都丝毫没有流露出任何的激动。他对年轻女子的生活照顾得无微不至。他按时按点地前来问安，即使不是聊天，也是在听她说话。他对她恪守礼仪责任，不过，总是带着呆板的绅士在这种场合所固有的那种表情和莫名其妙。爱乌达夫人不太清楚该如何去理解，但"万事达"曾经给她讲过一点他主人的古怪性格。他告诉过她这位绅士是打了什么赌才做这次环游地球之行的。爱乌达夫人听后笑了，但不管怎么说，他是她的救命恩人，她以感激他的心情看待他，认为她的恩人在这次打赌中是不会输的。

爱乌达夫人证实了印度向导所说的有关她的身世的说法。她的确是位居印度各土族之尊的帕尔西族人。好几个帕尔西族商人因棉花生意在印度发了大财。其中有一位名叫詹姆斯·杰吉伯乌瓦，还被英国政府授予贵族封号，爱乌达夫人就是这个富翁的一个亲戚，他现住在孟买。她打算去香港投奔的那个尊贵的杰吉，正是杰吉伯乌瓦爵士的一个堂兄弟。她能在杰吉先生那儿得到安身之处，能得到帮助吗？这一点她却无法肯定。对此，福格先生说，她用不着担心，一切都会"一点儿不差"地——这是他的口头禅——得到解决的。

年轻女子是否明白"一点儿不差"这个极端的词是什么意思？这我们就不知道了。不过，她那两只"宛如喜马拉雅山圣湖水一般清澈"的大眼睛，在凝视着福格先生的眼睛！但是，这个同往常一样不动声色、难以对付的福格，似乎根本就不是个要往这湖里跳的人。

"仰光号"第一段航程极其顺利地完成了。天气适合航行。被水手们称之为"孟加拉的双臂"的辽阔海湾的整个这一片，非常有利于轮船航行。"仰光号"很快便驶近安达曼群岛的主岛大安达曼岛。岛上那秀丽的马鞍形峰，高 2400 英尺，远远地为航海家们指明了航向。

轮船沿着海岸缓缓驶过。岛上的帕普阿土人没有露面。这些土人被说成是人类分级中最落后的一级，但说他们食人肉那是胡扯的。

群岛风光旖旎。辽阔的森林——蒲葵林、槟榔林、竹林、肉豆蔻林、柚木林、巨大的金合欢林、乔木状蕨类植物林——覆盖着群岛濒海一面。森林后面，群山的秀丽身影隐约可见。海岸边，有成千上万的名贵金丝燕，它们的窝是可以食用的，在中华古国是一种上等佳肴。不过，安达曼群岛这千姿百态的秀丽景色，是一股脑儿呈现在人们眼前的，很快地便擦船而过了。"仰光号"快速驶往马六甲海峡，随后便可驶入中国海域。

在这一段航程中，被拖着进行环球旅行的倒霉的菲克斯警探在干些什么？从加尔各答出发时，他留下了话，一旦逮捕令下达，立即转发香港给他。然后，他没让"万事达"发现，悄悄地登上"仰光号"，希望隐匿好自己，一直等到船到香港。否则，他就会难以解释清楚自己为什么也上了这条船，势必引起"万事达"的怀疑，因为"万事达"认为菲克斯应该是在孟买的。可是，因为形势所迫，他又不得不与那个诚实的小伙子见面了。到底怎么回事？请往下看。

警探菲克斯的所有希望和企盼现在全都集中在世界唯一的一个点——香港——上了，因为轮船在新加坡停留的时间太短，他无法在该城市行动。因此，只有到香港去抓这个窃贼，否则，窃贼就从他手中溜掉，一去不回了。

的确，香港还是英国的属地，不过也是福格这次环游旅程中的最后一个英国属地了。过了香港，日本、美洲就差不多成了福格先生可靠的藏匿之地了。到了香港，假如随他之后发来的那张逮捕令能够到手的话，菲克斯就逮捕福格，把他交到当地警方手中。这毫无困难。可是，过了香港，光凭一纸逮捕令还不行，还必须有引渡文书。这么一来，延宕迟误、拖拉耽搁以及各种各样的阻碍就多了，那混蛋便可趁机远走高飞了。所以，倘若在香港抓不了他，那么不能说是不可能，起码是很难再有机会抓到他了。

"因此，"菲克斯关在自己的舱房里这么长时间一个劲儿地寻思，"因此，要么就是逮捕令到达香港，我逮捕案犯；要么就是逮捕令来不了，那我也要不惜一切代价拖住他，让他走不成！我在孟买失败了，我在加尔各答也失败了！要是在香港我不能得手的话，那我就名誉扫地了！无论如何，必须成功。可是，要是必须拖住这个该死的福格，那用什么办法才能拖住他呢?"

最后，菲克斯把心一横，决定把一切都告诉"万事达"，让他了解他所伺候的那个主人到底是何许人也，他相信"万事达"绝对不会是其主人的同谋。"万事达"经他这么一挑明，因害怕受到牵连，肯定会站到他这一边来的。不过，这总归是冒险的一着棋，不到万不得已是绝对不能走的。万一"万事达"向他主人透露一个字，那就足以把事情弄砸锅的，就没有挽回的余地了。

警探因此实在是左右为难。突然，菲利亚·福格陪伴着爱乌达夫人出现在"仰光号"甲板上，他又觉得有了新的希望。

这女的是什么人？她因何成了福格的旅伴？毫无疑问，他俩是在孟买到加尔各答之间的旅途上遇到的。可到底是在什么地方碰上的呢？难道菲利亚·福格和年轻的女旅客是碰巧聚在一起的？不过，话说回来，这位绅士会不会早有预谋，穿过印度来找这个美貌女子呢？因为她确实美丽动人啊！她的美貌，菲克斯在加尔各答的法庭上已经看得一清二楚了。

可想而知，警探该多伤脑筋。他寻思，这件事里会不会有拐带妇女的罪行？对！肯定没错！这个想法在菲克斯的脑子里固定住了，而且，他明白自己可以从中捞到的全部好处。不管这个女子是不是有夫之妇，只要是属于拐带妇女，就可以在香港给拐骗犯造成很大麻烦，叫他即使花再多的钱也脱不了身。

但绝不能干等着"仰光号"到达香港。那福格可有个习惯，喜欢从一条船上刚一下来就跳到另一条船上去。结果，你还没动手，他就可能已经逃之夭夭了。

因此，首先应该提前通知港英当局，并在他下船之前严密监视"仰光号"的下船旅客。这事可没什么难的，因为轮船要在新加坡停靠，而新加坡与中国海岸有电报线路相通。

然而，在行动之前，为了更有把握，菲克斯决心探探"万事达"的口气。他知道，让这个小伙子说出真相并不很困难，因此，他把心一横，决定与他直接接触，因为从开船到现在，他一直是躲躲藏藏的。再说，也容不得再耽搁了。已经都 10 月 30 日了，第二天，"仰光号"就该停靠新加坡了。

因此，这一天，菲克斯走出他的舱房，来到甲板上，意欲以极其惊讶的表情"主动地"招呼"万事达"。后者正在船头散步。警探突然向他快步走去，惊叫道：

"您也在'仰光号'上！"

"菲克斯先生，您也乘这条船！""万事达"认出了"蒙古号"上的旅伴，真的是非常惊讶地说，"怎么搞的？我在孟买与您分的手，怎么竟在去香港的途中又见到您了！难道您也在做环球旅行？"

"不，不，"菲克斯回答说，"我打算在香港停留……至少几天。"

"啊！""万事达"好像愣了片刻地说，"可是，从加尔各答开船以来，我怎么就没在船上见到过您呢？"

"说实在的，有点儿不舒服……有点儿晕船……我一直在舱房里躺着来着……在印度洋上还没事，到孟加拉湾我就不行了。您的主人菲利亚·福格先生怎么样呀？"

"他身体好极了，而且完全按照他的日程表在进行！一天都没有耽误！啊！菲克斯先生，您还不知道哩，我们还有一位年轻夫人与我们同行。"

"一位年轻夫人？"菲克斯惊问，他完全装作一副不明白对方在说些什么的神态。

"万事达"立即把经过情形告诉了菲克斯警探。他叙述了自己在孟买寺院如何闯的祸,又怎么花了2000英镑买的大象,又如何碰上寡妇殉葬,救下了爱乌达夫人,以及在加尔各答法院被判了刑但交保释金获释的情形。菲克斯对最后的那段"判刑获释"的情况已经知晓,但他装作全都不清楚的样子。"万事达"则在这个津津有味地听他叙述的听众面前,把种种冒险的经过眉飞色舞地再叙述了一遍。

"可是,"菲克斯问道,"难道您的主人想把这位年轻女人带到欧洲去不成?"

"不,菲克斯先生,不是的!我们只不过是要把她送到她的一个香港富商亲戚那里去罢了。"

"这可没法儿了!"警探心里在嘀咕,他掩饰住自己的失望,对"万事达"提议道,"'万事达'先生,喝杯杜松子酒怎样?"

"好啊,菲克斯先生,我们能在'仰光号'上重逢,是该喝上一杯的!"

第十七章
从新加坡到香港旅途中的是是非非

从那一天起，"万事达"和警探便经常见面，不过，警探对其同伴的态度极其谨慎，而且，他一点儿也不试图让对方说个没完。他只不过有一两次隐约见到过福格先生。菲利亚·福格总愿意待在"仰光号"的大客厅里，不是陪伴爱乌达夫人，就是按照自己一成不变的习惯，玩"惠斯特"。

至于"万事达"，他已经开始很认真地琢磨怎么会这么巧，菲克斯又一次紧跟着自己的主人？不过，这事确实也有点儿蹊跷。这个绅士派头的菲克斯，人倒挺可亲可爱，殷勤随和，先是在苏伊士遇上他，他也上了"蒙古号"，到了孟买下去了，他说是要在孟买待几天的，可又在"仰光号"上碰到了他，说是也去香港。总而言之，是寸步不离地跟着福格先生的路线走，这就值得好生思量一番了。这其中巧得至少有点儿离奇。这个菲克斯到底要找谁的麻烦呢？"万事达"准备好要用他的那双拖鞋——他一直像宝贝似的保存着它们——来打赌了：这个菲克斯将与他们同时离开香港，而且很可能又是乘同一条船。

"万事达"即使琢磨上100年，也甭想猜得出警探所负的使命。他怎么也不会猜想到菲利亚·福格会被当成个贼被满世界"追踪"。不过，他毕竟是个人，对任何事都得有个解释，所以，"万事达"突然间开了窍，明白了菲克斯为什么老是跟在后面，而且，说实在的，他的解释还非常合情合理。的确，照他的看法，菲克斯只是，而且也只能是改良俱乐部福格先生的会友们派来盯他梢的一个探子，目的是想证实福格先生确确实实是按照规定路线环游了地球。

"肯定是这么回事！肯定是这么回事！"诚实的小伙子这么寻思着，他为自己的判断力感到自豪。"他是那帮绅士派来盯我们梢的探子！这事干得真不地道！福格先生那么诚实，那么讲信用，竟然派个探子来盯他的梢！啊！改良俱乐部的大人先生们，这事可要你们的好看了！"

"万事达"因自己的发现而得意扬扬，不过，他决定对他主人只字不提，担心主人的对手们的这种不信任态度会刺伤他的主人。但是，他已暗下决心，找个机会，若明若暗地敲敲菲克斯，拿他开开心。

星期三，10月30日，下午。"仰光号"驶入介于马六甲半岛和苏门答腊之间的马六甲海峡。一座座陡峭秀丽的小山岛耸立在苏门答腊主岛前，遮挡住了旅客们的视线。

第二天，凌晨4点，比规定时间提前了半天的"仰光号"，停泊在新加坡，以便加煤。

菲利亚·福格在旅行日记"盈余栏"里记下了提前的这半天时间。而这一次，他却陪着爱乌达夫人下了船，因为年轻女子表示希望上岸去遛上一阵儿。

认为福格干什么都值得怀疑的菲克斯，悄悄地也随着下了船。而"万事达"则看出了菲克斯的鬼把戏，暗自好笑，只管上岸去买应买的东西去了。

新加坡岛看上去既不大也不雄伟。它没有作为横断面的山峦。不过，它却小巧玲珑，旖旎秀丽。它宛如一座笔直大路纵横交错的大花园。一辆漂亮马车，由从荷兰进口的骏马拉着，载着爱乌达夫人和菲利亚·福格，在一丛丛青翠欲滴的棕榈和丁香树丛中奔驰。有名的丁子香就是用这种丁香树微微绽开的花的蓓蕾做成。这里，一丛丛的胡椒树替代了欧洲农村的那些带刺的植物篱笆墙；椰子树和高大的凤尾草伸展着茂密的枝叶，使得这热带地区的景色千姿百态；叶绿葱葱的豆蔻树散发出芳香，沁人心脾。树林里，成群结队的猴子，机灵滑稽。热带丛林里也许还有老虎出没。谁如果感到惊讶，在这个相对而言极小的岛上，这些可怕的吃人动物为什么还没有绝迹的话，人们会告诉他说，它们是从马六甲游过海峡爬上来的。

在乡间坐车游览了两小时之后，爱乌达夫人和她的同伴——福格先生只是心不在焉地随便看了看而已——回到了城里。高楼大厦林立，一座座漂亮的花园围于四周，园中长满了芒果、凤梨和世界上所有美味上乘的水果。

10点钟，他们回到了船上，并没有发觉菲克斯警探在跟踪。菲克斯大概也花钱雇了一辆马车。

"万事达"在"仰光号"的甲板上等着他们。诚实的小伙子买了好几十只芒果，大小如中等个头儿的苹果，表皮呈深褐色，内皮鲜红鲜红的，而果肉则雪白雪白的，会吃的人把它往嘴里一放，感到鲜美极了，简直无与伦比。"万事达"兴冲冲地把芒果献给爱乌达夫人，年轻夫人甜蜜蜜地向他道谢。

11点钟，"仰光号"加足了煤，起锚开航。几小时后，旅客们便看不见马六甲的高山峻岭，以及山间密林中深藏着的斑斓猛虎了。

新加坡距离香港，大约 1300 海里。菲利亚·福格想着最多 6 天跑完，以便搭乘 11 月 6 日从香港开往日本重要港口之一横滨的轮船。

"仰光号"上旅客很多。有很多是从新加坡上的船，其中有印度人、锡兰人、中国人、马来人、葡萄牙人，大部分坐的是二等舱。

此前，天气一直挺好的，随着朔月的到来而变坏了。海上浪很大。海风刮得很猛。不过，万幸的是刮的东南风，有利于轮船航行。当风向宜于航行时，船长便让船员们扬起帆来。"仰光号"装备有双桅横帆船的帆缆索具，经常扬起它的两个顶桅帆和前桅帆来航行，在蒸汽和风力的双重推动之下，它的速度加快了。

轮船就这样在一个连着一个、有时让人眩晕的浪尖上，沿着安南和交趾支那①的海岸前行。

船上大部分旅客都被颠簸得躺倒了，错误不在大海，而在"仰光号"本身。

的确，在中国海域航行的东印度公司所属的船只，都有一个结构上的重大毛病。船只空载和满载的排水量的比例计算有误，因而，它们经不起海上的风浪。它们不透水的密封舱容水量不足。用海上术语来说，叫作"喝足了"。因此，这么一来，只需几个海浪打上来，船就走不稳了。这些船与法国邮船公司的船，诸如"皇后号"和"柬埔寨号"比较起来，且莫说发动机和蒸汽机了，就算是从构造来说，也相去甚远。按照工程师的计算，法国公司的船，即使密封舱里的海水重量等于船只本身的重量，也沉不了；而东印度公司的船，如"戈尔贡达号""高丽号"，还有那"仰光号"，进水量达不到船体重量的 1/6 就该沉下去了。

---

① 安南和交趾支那如今统称为印度支那半岛。

因此，一遇上坏天气，就得小心翼翼。有时候，还必须少扯帆，减小马力。这简直是浪费时间。看上去这丝毫没有影响菲利亚·福格的情绪，但"万事达"显得极其恼火。于是，他又是指责船长，又是责怪技师，又是埋怨轮船公司，把船上所有的工作人员都骂了个遍。也许，想到萨维尔街临走时忘了关掉的煤气炉子，因为要算在他自己的账上，这也在他之所以焦急不安的原因中占了很大比重。

"这么说，你们是真的急着赶到香港？"有一天，警探问"万事达"。

"非常之急！""万事达"回答说。

"您认为福格先生是急于乘船去横滨？"

"十万火急。"

"这么说，您现在相信这次奇怪的环游地球啰？"

"绝对相信。那您呢，菲克斯先生？"

"我？我可不相信！"

"真滑稽！""万事达"眨眨眼睛说。

"真滑稽"这个词让警探摸不着头脑。这个词让他不安，他自己也弄不太清楚是为什么。这个法国人难道猜到了他的真实身份？他真不知道怎么想才好。不过，他那警探身份，那是只有他自个儿知道的一个秘密，"万事达"怎么会知道呢？可是"万事达"同他这么说，那肯定是话中有话的。

又有一天，诚实的小伙子竟然说得更加明白了。他不像菲克斯那样藏藏掖掖的，他有话就要说出来。

"喂，菲克斯先生，"他以狡黠的口吻问警探，"一到香港，我们真的不幸要与您分别不成？"

"这个，"菲克斯挺尴尬地回答说，"我说不准！……也许么……"

"啊!""万事达"说,"要是您能与我们同行,那对我来说真是莫大的幸福!喏!半岛公司的一名代理人是不会中途停下不走的!您本来说是就到孟买的,可您一下子就到了中国!美洲并不远,而从美洲到欧洲,那也是抬腿就到的事!"

菲克斯注意地看着"万事达",可后者朝着他满脸堆笑,他也决定与他打哈哈。"万事达"兴头正高,便问菲克斯:"您的那种行当收入是否很多?"

"也多也不多,"菲克斯毫不介意地回答着,"差事有好坏之分。不过,您很清楚,我旅行不用自己掏钱!"

"啊!这一点我完全相信!""万事达"大声说道,笑得也更加欢了。

话说到这儿之后,菲克斯回到了自己的舱房,开始琢磨起来。他显然是露馅了。不管怎么说,反正这个法国人已经知道他的警探身份了。不过,他是否告诉了他的主人?他在这一切之中扮演的是个什么角色?他是不是同谋?这案子是不是走漏了消息,因此也就无法侦破了?警探苦思冥想了几个小时,忽而觉得前功尽弃了,忽而又希望福格并不知情,最后还是不知如何办是好。

不过,他脑子静下来了,决定与"万事达"单刀直入。如果到了香港他还是无法逮捕福格的话,如果福格到了香港准备干脆离开英国这块领地的话,那他菲克斯就把一切向"万事达"和盘托出。要么这个仆人是其主人的同谋——那他主人就什么都知道了,案子也就根本破不了了——要么仆人与这件窃案毫无瓜葛,那他就会从自身利益考虑,抛出窃贼。

这就是这两个人的各自心思,而菲利亚·福格则以其威严冷漠的态度超脱于他俩之外。他像一颗行星似的在按自己的轨道环绕地球,根本不去理会在自己周围运行的那些小行星。

　　不过，在他身旁，有着一颗天文学家称之为"干扰星"的小星星，它可能会在这位绅士心中造成某些紊乱的。不会的！令"万事达"惊讶不已的是爱乌达夫人的美艳竟乱不了福格先生的方寸，而且，要说有什么干扰的话，那也比导致人们发现海王星的天王星的干扰更加难以推算。

　　是的！这是让"万事达"天天都感到惊讶的奇事。他从年轻女子的眼神里看到她对他的主人是那么的感恩戴德！菲利亚·福格肯定一心想着勇敢无畏地而不是情意缠绵地去为人处世！至于这次旅行可能会给他带来什么好运，那他是压根儿就一点儿也没去考虑。可是，"万事达"却惶惶不可终日似的。有一天，他倚在"轮机舱"的栏杆上，看着那庞然的机器有时像发怒似的在运转。突然间，轮船猛烈地前后颠簸，推进器露出水面，发疯似的在空转。霎时间，蒸汽从阀门中喷射而出，让诚实的小伙子看了，不免怒火中烧。

　　"阀门全没关紧！"他嚷叫道，"船不走了！瞧这帮英国人！啊！要是一条美国船，也许会爆炸，但一定不会这么慢慢腾腾的！"

第十八章
菲利亚·福格、"万事达"和菲克斯各忙各事

这段航程的最后几天，天气挺坏。风越刮越厉害。一直在刮西北风，阻滞轮船航行。"仰光号"船身过分不稳，颠簸剧烈，难怪旅客们对这风掀起的讨厌的恶浪怨声载道。

11 月 3 日和 4 日两天里，海上起了暴风雨。狂风凶猛地卷起恶浪。"仰光号"有整整半天的时间，不得不让推进器只保持在 10 转，顶风低速，倾身斜顶海浪在行驶。船帆全都收起来了，可狂风仍旧吹得绳缆索具发出尖啸。

可想而知，船速大大地减慢了。大家可以估计得出，船要比规定时间晚到香港 20 小时，如果暴风雨不停的话，甚至还要延误得更长。

菲利亚·福格注视着像是直接冲着他来的这个恶浪滔天的大海，依然不动声色，连眉头都没皱一皱。可迟到 20 小时就会危及他的旅行计划，他就赶不上开往横滨的轮船了。但是，他既不焦躁也不烦

恼。真的好像是这场暴风雨已计算在他的旅行计划中似的。爱乌达夫人同他聊起这恶劣天气时，发现他同往常一样地镇定自若。

菲克斯对这些事可就另眼相看了。这场暴风雨使他高兴极了。要是"仰光号"不得不在暴风雨面前逃之夭夭，那他可就会得意忘形了。这种种延误都有利于他，因为福格先生会被迫在香港滞留几天。总之，老天掀起狂风恶浪，这是在帮他的大忙。他真的有点儿晕船，但这算得了什么！恶心呕吐他不在乎。在他的身体因晕船而扭成一团的时候，他的脑子却满意得什么似的。

至于"万事达"，大家可以猜想到他在这恶劣天气之下，难以掩饰自己胸中的怒火。在这之前，一切都是顺顺当当的！陆路和水路好像也都忠心耿耿地在为其主人效劳。轮船和火车也都听从他主人的安排。风力和蒸汽动力也都在一起助主人旅行一臂之力。难道倒霉的时刻终于来临了？好像那2万英镑的赌注是从自己的口袋里掏出来似的，"万事达"简直是按捺不住了。这场暴风雨让他怒从心中起，这场狂风让他恶向胆边生，他真想狠狠地抽打这不听话的大海一顿！可怜的小伙子！菲克斯心中暗喜，但在"万事达"面前却小心地掩饰着。他这样做是对的，因为假如"万事达"猜出了菲克斯心里的鬼主意，那就有菲克斯好瞧的了。

"万事达"在这场大风暴雨之中，一直待在"仰光号"甲板上。他在舱房里待不住，他爬到桅杆上去，吓了船员们一大跳。他像猴子般灵巧地帮着干这干那。他不停地向船长、大副、二副和水手们打听情况，弄得大家看见他这么个大小伙子竟这么沉不住气，都禁不住哈哈大笑起来。"万事达"一定要弄清楚暴风雨到底要持续多久。大家便让他去看晴雨表，可晴雨表的水银柱根本就没有上升的意思。"万事达"摇了一通晴雨表，但毫无用处。他再使劲儿地摇，再拼命地骂，那只怪不了的晴雨表仍旧无动于衷。

　　风浪终于止息了。11 月 4 日这一天，海上情况好转。罗经测定，风向向南跳了两格①，又有利于航行了。

　　"万事达"的脸同天气一样，又晴朗了。桅楼上的桅帆和小桅帆可以扯起来了，"仰光号"又飞速地向前驶去。

　　但无法把失去的时间全都赶回来。必须拿好主意，因为要到 6 日凌晨 5 点才能看到陆地。按菲利亚·福格的旅行计划表，轮船本应在 5 日到达的，可他现在是 6 日才能到达香港。这就是说，要晚到 24 小时，而去横滨的船肯定是赶不上了。

　　6 点钟，领港员登上"仰光号"，上了舰桥，以便引领轮船穿过航道，进入香港港口。

　　"万事达"心急火燎地想问问这个领港员，向他打听一下去横滨的船是否已经从香港开走了。但他又不敢问，宁愿留存一点点希望直到最后。他曾把他的担心告诉过菲克斯，而菲克斯这只老狐狸还千方百计地安慰他，说是没关系的，福格先生将会换乘下一班轮船的，把"万事达"气得七窍生烟。

　　虽然"万事达"没敢去问领港员，但福格先生在翻阅了他的《交通大全》之后，神色泰然地向这个领港员打听，问他是否知道什么时候有船从香港开往横滨。

　　"明天早上涨潮的时候。"领港员回答。

　　"啊！"福格先生"啊"了一声，脸上并未流露出任何惊讶的表情来。

　　"万事达"正在一旁，闻听此言真想拥抱一下领港员，而菲克斯却恨不得要把领港员的脖子拧断。

　　"这条船叫什么名字？"福格先生问。

　　"'卡纳蒂克号'。"领港员回答。

---

　　①　指 32 点制罗经的向位格（每格 11°15′）。

"它不是昨天就要开的吗?"

"是的,先生,可是船上有一只锅炉需要修理,所以便推迟到明天才开了。"

"谢谢您!"福格先生说,然后迈着机械的步子下到"仰光号"的客厅里去。

而"万事达"则抓住领港员的手,拼命地紧握着说:

"您,领港员,您真是个大好人呀!"

领港员想必永远也不会明白,为什么他的一句回答竟会博得这么热烈的感激。一声哨响,领港员在舰桥上就位,引领着轮船从这条塞满小木船、小驳船、小渔船以及各种各样小船的香港水道上穿过。

1点钟,"仰光号"停靠码头,旅客们下了船。

不得不承认,这一次,巧事大大地帮了菲利亚·福格的忙。如果"卡纳蒂克号"不是非修理锅炉不可的话,它11月5日便开走了,那么,去日本的旅客只好再等8天,搭乘下一班船。的确,福格先生晚了24小时,可这个耽搁并不至于给他的下一段旅程带来严重的影响。

确实,从横滨越过太平洋到旧金山的客轮是与香港开往横滨的轮船相衔接的,香港的船没到,横滨的船就不会开出。显然,横滨的船也会推迟24小时开航,但在横渡太平洋的这22天时间里,很容易把耽误的24小时赶回来的。因此,从离开伦敦35天之后,除了这24小时而外,菲利亚·福格都是按自己的计划完成旅行的。

"卡纳蒂克号"要到第二天早晨5点才开,福格先生有16小时的空余时间去办自己的事,也就是说,去办关系到爱乌达夫人的事。他让年轻女子挽着自己的胳膊下了船,领她来到一乘双人轿子跟前。他向轿夫们打听旅馆,轿夫们告诉他说"俱乐部旅馆"好。他同爱乌达夫人上了轿，轿夫们抬起轿子上路，"万事达"跟随在后。20分钟之后，他们来到了旅馆。

菲利亚·福格替年轻女子订了一间套房，让人替她准备好一切所需。然后，他对她说，他马上去找她的那位亲戚，把她留在香港，交她亲戚照顾。与此同时，他吩咐"万事达"留在旅馆里，一直等到他回来，免得年轻女子孤身一人没人照应。

绅士让人带他去了交易所。那里的人肯定会认识一个像高贵的杰吉这样的人物，因为他是本城中最富有的商贾之一。

福格先生问询的经纪人的确认识帕尔西商人杰吉。不过，这个杰吉已离开中国有两年了。他发了财之后便去欧洲定居了。据说是去了荷兰，因为他在香港做生意时，同许多荷兰商人有来往。

菲利亚·福格回到了"俱乐部旅馆"。他立即让人通报爱乌达夫人，请她允许他立刻去见她。他一见到她，便开门见山地告诉她说，尊贵的杰吉已离开香港，可能定居荷兰了。

爱乌达夫人闻听此言，起先没有作声。她用手抚了一下额头，思忖片刻，然后，以她那温柔的声音说道：

"我可怎么办，福格先生？"

"这很简单，"绅士回答说，"回欧洲去好了。"

"可我不能总这么打扰……"

"您并不打扰我，您与我们同行一点儿也不影响我的旅行计划……'万事达'呢？"

"我在，先生有何吩咐？""万事达"问道。

"您到'卡纳蒂克号'上去订三间舱房。"

"万事达"立刻跑出"俱乐部旅馆"。有爱乌达夫人同行，他高兴极了，因为她对他非常好。

第十九章
"万事达"竭力维护自己的主人

香港只是个小岛，1842年鸦片战争之后，签订了《南京条约》，被英国占有。几年工夫，英国以其殖民才能在岛上建成了一座大城市，创建了一个海港——维多利亚港。这座小岛位于珠江口上，距离珠江对岸的葡萄牙属地澳门只有60英里。香港在商战中一定是战胜了澳门，所以现在中国转运的大部分货物都是通过这座城市的。这里有船坞、医院、码头、仓库，还有一座哥特式大教堂、一个总督府和碎石铺成的街道。凡此种种，都让人以为是肯特郡或萨里郡的一个商业城市，几乎从地球的另一端钻到中国的这块地方来了。

"万事达"两手插在兜里，朝维多利亚港走去，一路上左顾右盼，观赏着在中华古国仍受宠爱的轿子和带篷的轿形双轮车，以及在街上熙来攘往的中国人、日本人和欧洲人。诚实的小伙子觉得，香港与他来时看到的孟买、加尔各答或新加坡差不多。这么说来，像是有一条英国城市带在环绕着地球。

　　"万事达"来到了维多利亚港。在这里，在珠江口上，聚集着无数的各国船只，有英国的、法国的、美国的、荷兰的。其中有战舰和商船，有日本的或中国的小船，有帆船、舢板、驳船，甚至还有"花船"，宛如浮在水面上的一座座花坛。"万事达"溜溜达达时发现有不少的当地人，穿着黄衣服，年纪都很大了。他走进一家华人理发店，想理个"中国式"的发型。他从店里的一个英语讲得挺流利的小伙计嘴里得知，这些老者至少都已 80 岁高龄了，到了这把年纪，才有穿黄衣服的特权，因为黄色是皇帝穿的衣服颜色。

　　"万事达"觉得这很滑稽，只是弄不太明白为什么。

　　他理完发之后，便走向"卡纳蒂克号"停靠的码头。在那儿，他看见菲克斯正在踱来踱去，他对此毫不觉得奇怪。警探的脸上流露出极其沮丧的神情。

　　"好啊!""万事达"心想，"改良俱乐部的那帮绅士们日子可不好过了!"

　　他装着没有看出菲克斯的一脸苦相，笑嘻嘻地向他走过去。

　　话说回来，警探菲克斯完全有理由诅咒一直盯着自己不放的晦气。逮捕令还是没到! 很明显，逮捕令就在他后面转寄着，只有当他在香港停留几天才能等得着它的到来。可是，香港是这次旅途上的最后一块英国属地，要是他无法在香港抓住福格先生，那福格先生就彻底从他手中逃脱了。

　　"喏，菲克斯先生，您是否决定同我们一起前往美洲呀?""万事达"问道。

　　"是的。"菲克斯咬着牙回答。

　　"好极了!""万事达"哈哈大笑着大声说道，"我早就知道您是不会同我们分手的。来吧，来订您的舱位吧!"

　　他俩走进航运售票处，订了四个舱房。不过，售票员告诉他俩说，"卡纳蒂克号"的锅炉已经修好，船当晚8点开航，而不是像原先通知的那样第二天早上才开。

"很好!" "万事达"答道，"这对我主人大有好处。我去通知他。"

这时候，菲克斯决定豁出去了。他决定把一切全告诉"万事达"。这也许是他能把菲利亚·福格在香港多拖几天的唯一一招了。

离开售票处之后，菲克斯邀请"万事达"去小酒馆喝上一杯。"万事达"见时间尚早，也就接受了菲克斯的邀请。

码头上就有一家酒馆，门脸挺干净，二人便走了进去。里面是一间宽敞的厅堂，装潢得很漂亮，顶里头支着一张板床，垫着一些褥垫，有不少人躺在上面睡着。

有三十来个顾客坐在厅堂里的一些藤条编的小桌旁，有些人在喝大杯的英国淡色啤酒或黑啤酒，另一些人则在喝烧酒、杜松子酒或白兰地。另外，大部分人都端着大烟枪，烟斗里装着混合着玫瑰香精的小鸦片烟泡。不时地有这么一个鸦片烟鬼昏昏然地出溜到桌子底下去了。酒馆的小伙计们又是抬脚又是抬头地把他抬到板床上，躺在睡着的大烟鬼旁边。有二十来个这样的大烟鬼躺在板床上，像死尸一般，恶心极了。

菲克斯和"万事达"知道自己是进到一家大烟馆来了。唯利是图的英国每年要卖给这些人高达2.6亿法郎的这种称作"鸦片"的该死的毒品! 利用人类这种最悲惨的恶习来赚取的这种钱，真是肮脏之极。

中国政府试图用严厉的法律来禁绝这种恶习，但是未能奏效。这一恶习起先是富裕阶层专门享有的，可后来就传到贫穷阶层了，而且一发而不可收。在中华古国抽鸦片的人不在少数，男人女人一旦抽上了瘾，就再也离不开了，否则胃里就难受得不得了。一个烟瘾大的大烟鬼一天能抽 8 管，但用不了 5 年就一命呜呼了。

这类大烟馆即使在香港也比比皆是，菲克斯和"万事达"本想喝上一杯，却闯进了一家大烟馆。"万事达"没有钱，但很高兴地接受了其同伴的"美意"，说是以后找机会还他的情。

他们要了两瓶波尔图葡萄酒①。法国小伙子开怀畅饮，而菲克斯却很有节制，极其专注地观察着他的同伴。他俩海阔天空地聊了一通，特别谈到菲克斯决定搭乘"卡纳蒂克号"这个绝妙主意。当谈及这船要提前几小时开航时，因为酒瓶也空了，"万事达"便站起身来，要去禀报他的主人。

菲克斯拉住了他。

"等一会儿。"菲克斯说。

"您有什么事，菲克斯先生？"

"我有一些重要的事情要同您谈。"

"重要的事情！""万事达"把杯底剩下的几滴酒喝光，大声嚷道，"嗻，咱们明天再说吧。今天我没时间。"

"别走，"菲克斯说，"这牵涉您的主人！"

"万事达"闻听此言，定睛注视对方。

他觉得菲克斯面部表情很奇特，于是，他便坐了下来。

"您到底要对我说什么呀？"他问道。

菲克斯手握着"万事达"的手臂，压低嗓门说道：

"您已经猜到我是干什么的了吧？"菲克斯问他。

"当然喽！""万事达"笑嘻嘻地说。

"那我就把真相全都告诉您听……"

"伙计，我现在全都知道了，您还告诉我什么！啊！这可不地道呀！不过，您还是说您的吧，但先让我告诉您一声，那帮绅士们的

---

① 葡萄牙波尔图产的有名的红葡萄酒。

钱算是白花了!"

"白花了!"菲克斯说,"您倒是说得轻巧!很明显,您不知道那笔钱有多多啊!"

"我当然知道喽,""万事达"回答,"2万英镑!"

"5.5万英镑!"菲克斯紧抓住"万事达"的手说。

"什么!""万事达"嚷道,"福格先生竟然敢!……5.5万英镑!……那么,这就更是一点儿时间也不能浪费了。"他又站了起来补充说。

"5.5万英镑!"菲克斯又要了一瓶白兰地,强迫"万事达"坐下来说,"要是我把事情办成了,我就可以得到2000英镑的奖金。您只要帮我一把,我就分给您500英镑(1.25万法郎),干不干?"

"帮您一把?""万事达"圆瞪着双眼大声嚷道。

"是呀!帮我把福格先生在香港拖上几天!"

"哼!""万事达"说,"您胡扯些什么呀?怎么!那帮大人先生派人盯我主人的梢,怀疑他不正直还嫌不够,还要给他设置障碍!我真替他们感到羞耻!"

"什么呀!您在说些什么?"菲克斯问道。

"我在说这一手很不地道。这是要把福格先生口袋里的钱掏光,让他一无所有!"

"嗯!我们就是打算达到这一目的!"

"这可是打劫呀!""万事达"嚷叫道。菲克斯一个劲儿地灌他白兰地,他也没觉察出喝了多少,现在酒劲儿上来了,他的气可大了,"货真价实的打劫!一帮绅士!都是会友!竟干这种事!"

菲克斯开始听不明白了。

"会友!""万事达"嚷道,"改良俱乐部的会友!您要知道,菲克斯先生,我的主人是个正直的人,他要是打赌,就一定要赢得正大光明。"

"您到底以为我是干什么的?"菲克斯双眼凝视着"万事达"问。

"那还用问!改良俱乐部的一个探子,受命监视我主人的旅行路线,这太丢人了!因此,尽管我早已猜到您是干什么的,可我一直没有告诉福格先生!"

"他一点儿也不知道?……"菲克斯高兴地问。

"一点儿也不知道!""万事达"又喝完一杯酒回答说。

警探用手摸了一下额头。他犹豫着不知该怎么说下去。到底该怎么办才好?"万事达"的误会看上去不像是装出来的,可他的误会使他的计划更难完成。很显然,这小伙子讲的完全是实话,他根本就不是其主人的同谋。

"那好,"菲克斯寻思,"既然他不是同谋,他就会帮助我的。"

警探又一次豁了出去。再说,他也没有时间再拖下去了。无论如何也得在香港把福格逮捕。

"您听着,"菲克斯单刀直入地说,"您好生听我说。我不是您所认为的那种人,也就是说,我不是改良俱乐部的一个探子……"

"笑话!""万事达"滑稽地瞧着菲克斯说。

"我是一名警探,受伦敦警视厅的委派……"

"您……警探!……"

"是的,我拿证明给您看。"菲克斯说,"这是我的任务书。"

警探从皮夹子里取出一张纸来,让"万事达"看,那是伦敦警视厅厅长签署的任务书。"万事达"惊愕地看着菲克斯,一句话也说不出来。

"福格先生打的那个赌,"菲克斯又说,"只不过是个幌子,您同他的改良俱乐部的会友们都被骗了,因为他有必要利用您这个不知不觉的同谋。"

"可那是为什么呀？……""万事达"嚷叫道。

"您听着。9月28日，英国国家银行被人偷走了5.5万英镑，此人的相貌特征已经被查出。喏，这就是那人的相貌特征，跟福格先生简直是一模一样。"

"滚蛋吧！""万事达"的大拳头猛捶着桌子嚷道，"我的主人是世界上最诚实的人！"

"您怎么知道？"菲克斯说，"您甚至可以说是都不认识他！您是他临出发的那一天去他家当仆人的，他当天就假借一个荒诞的借口急匆匆地便上路了，连行李都没带，拎上一大笔钞票就溜了！您还敢说他是个诚实的人！"

"就是！就是！"可怜的小伙子机械地重复着。

"您难道想作为同谋一道被捕不成？"

"万事达"双手捧着头。他判若两人了。他不敢去看警探。菲利亚·福格，爱乌达的救命恩人，慷慨侠义、勇敢无畏的人，他会是个贼！可是，种种迹象都证明他是的！"万事达"竭力地在驱散溜进脑子里来的疑团。他不愿相信他的主人有罪。

"那您到底想要叫我干吗？"他用极大的努力镇定自己，问警探道。

"是这样，"菲克斯回答道，"我一直跟踪福格先生到这里，可我还没收到我向伦敦要求的逮捕令。因此，您必须帮我把他拖在香港……"

"我！要我……"

"英国国家银行许诺给我的2000英镑奖金，我同您平分！"

"没门儿！""万事达"回答说，他想站起来，可又跌坐下去，感到精神恍惚，没有力气。

"菲克斯先生，"他喃喃不清地说，"就算您对我说的全都是真的……就算我的主人就是您在追踪的那个窃贼……这我可不信……我曾经是……现在仍是他的仆人……我看他是个好人，侠义之人……要我背叛他……没门儿……不，就是把世界上所有的金子全都给我也不行……我出生的那个地方的人是不吃这碗饭的！……"

"您不干？"

"我不干。"

"就当我什么也没说吧，"菲克斯说，"咱们喝酒。"

"好，喝！"

"万事达"越来越感到醉得厉害了。菲克斯明白，必须不惜一切代价使他与他的主人分开，所以要把他彻底灌醉。桌子上有几支装了鸦片烟泡的烟枪。菲克斯拿了一支塞到"万事达"的手里。"万事达"拿住烟枪，凑到嘴上点着，吸了几口，脑袋晕晕乎乎地被烟给醉倒了。

"好呀，"菲克斯看见"万事达"昏睡过去说，"这一下没人通知福格先生'卡纳蒂克号'提前开船的事了！而且，即使他要走，至少这个该死的法国人也不会同他一起走了！"

菲克斯随即付完账，走了出去。

第二十章
菲克斯同菲利亚·福格短兵相接

当小酒馆的这一幕也许就要极其严重地危及福格先生的未来时，福格先生正陪着爱乌达夫人在英国属下的这个城市的街道上散步。自从爱乌达夫人接受了他的邀请跟他去欧洲，他大概在考虑这么漫长旅途的方方面面。像他这样的一个英国人，提着旅行袋环游世界还是不成问题的，但一个女人就无法在这种情况下完成这样的一种旅行了，所以，就得买衣服以及旅行所必须之物品。这个年轻寡妇因他这么好心而很是过意不去，一再推让、反对，但福格先生仍以他惯有的冷静态度完成了这个任务。

"这都是我路上要用的，这是我早打算要买的。"福格先生总这么回答说。

买完必须物品之后，福格先生和年轻女子回到了旅馆，享用了预订好的丰盛晚餐。然后，有点儿累了的爱乌达夫人按英国人的习惯握了握冷静的救命恩人的手，回到楼上套房去。

尊贵的绅士却整个晚上都在埋头阅读《泰晤士报》和《伦敦新闻画报》。

假如福格先生是个疑心重的人，他就会发现，天都这么晚了，他的仆人却还没有回来。不过，他知道去横滨的轮船第二天早晨之前是不会开出香港的，所以他也就不怎么着急了。第二天，福格先生按铃唤人，可"万事达"却没在。

见自己的仆人一夜未归，尊贵的绅士作何想法，谁都不会知晓。他只是拿起旅行袋来，叫人去通知爱乌达夫人，并叫人去雇一乘轿子。

已经8点钟了，涨潮预计在9点30分，"卡纳蒂克号"将趁涨潮驶出航道。

轿子来到旅馆大门口，福格先生和爱乌达夫人上了这舒服的"轿车"，行李物品则放在后面的一辆小推车上。

半小时后，二人来到了轮船码头，福格先生这才知道"卡纳蒂克号"头天晚上就已经开走了。

福格先生原以为在码头上会同时见到班船和自己的仆人，却一个也没见着。但是，他的脸上丝毫未见失望沮丧。当爱乌达夫人焦虑不安地看着他时，他只不过说了一句：

"这是个意外。夫人，没什么大不了的。"

此刻，有一个人一直在注意地看着他，向他走过来。此人便是菲克斯警探，他向福格先生致意后说：

"先生，您同我一样，是'仰光号'的一个旅客，昨天到的，对吧？"

"是的，先生，"福格先生冷冷地回答，"可我尚不知……"

"请您原谅，我原以为能在这儿见到您的仆人的。"

"您知道他现在在哪儿吗，先生？"年轻女子急切地问。

"什么!"菲克斯假装惊奇地回答说,"他没同你们在一起?"

"没有,"爱乌达夫人说,"他从昨天起就不见了。他是不是没等我们就自己上了'卡纳蒂克号'了?"

"没等你们?夫人……"警探答道,"对不起,我想问一声,你们难道是原打算乘这条船走的?"

"是的,先生。"

"我也是,夫人,您看我这一下可够惨的了。'卡纳蒂克号'修理好之后,12 小时前就离开香港走了,没有提前通知任何人,现在只好再等上 8 天,乘下一班船了!"

菲克斯在说"8 天"两个字的时候,感到心都高兴得要蹦出来了。8 天!福格被拖在香港 8 天!他就可能来得及拿到逮捕令了。总之,这个法律的代表算是交了好运了。

可是,当他听见菲利亚·福格以平静的语气说了下面这句话时,大家可以想象,这不啻是对他的当头一棒:

"可是,我觉得,除了'卡纳蒂克号'以外,香港码头还有其他船只的。"

于是,福格先生让爱乌达夫人挽着自己的胳膊,走向船坞,去寻找马上要开出的船。

菲克斯傻眼了,他跟着他俩去了,就好像有一根线在扯着他似的。

然而,此前一直看顾福格先生的好运好像真的弃他不顾了。整整 3 个小时,菲利亚·福格跑遍了港口各处,决心万不得已时,哪怕租一条船也要去横滨。可是,他所见到的船,不是在装货就是在卸货,因此,不会马上开航的。菲克斯又来了希望。

不过,福格先生并未气馁,他仍在继续地寻觅着,哪怕是一直寻到澳门去。正在这时候,他在新港看见一个水手走过来。

"先生是在找船吗?"水手脱下帽子问。

"您有没有现在就开的船呀?"福格先生回问道。

"有啊,先生,是一条引水船,43号,是船队中最好的船。"

"开得快吗?"

"时速将近八九海里。您要不要看一看啊?"

"好的。"

"先生会满意的。是去海上转转吗?"

"不是。是远行。"

"远行?"

"您能把我送到横滨吗?"

水手闻听这话,双手垂下晃荡着,眼睛瞪得老大。

"先生是在开玩笑吧?"水手说。

"不是!我没赶上'卡纳蒂克号',可我又必须最迟在14日赶到横滨,以便搭乘去旧金山的轮船。"

"非常遗憾,"引水员说,"这不可能。"

"我每天付给您100英镑,另外,如果及时赶到,外加200英镑的奖赏。"

"此话当真?"引水员问。

"当然当真!"福格先生回答。

水手走到一旁,望着大海,很显然,内心充满着矛盾:又想得到这一大笔钱,又害怕跑这么远有危险。菲克斯可就急得要死了。

这时,福格先生转向爱乌达夫人。

"您不会害怕吧,夫人?"他问她。

"同您在一起就不害怕,先生。"年轻女子回答道。

引水员又回到绅士身边来,两只手转动着帽子。

"怎么样,引水员?"

"喏，先生，"引水员回答，"我不能拿我的人，拿我自己，拿您去冒险，因为路程这么远，船又只有 20 吨，又是这么个季节。再说，我们也不会及时赶到的，因为香港到横滨是 1650 海里。"

"只有 1600 海里。"福格先生说。

"这是差不多的事。"

菲克斯深深地喘了口气。

"不过，"引水员补充说道，"也许还有其他办法。"

"什么办法？"菲利亚·福格问。

"去长崎，在日本的南端，只有 1100 海里；或者就去上海，离香港只有 800 海里。去上海的话，可沿着中国海岸走。这是个很有利的条件，因为沿岸海水是往北流的。"

"引水员，"菲利亚·福格说，"我是要去横滨搭乘美国轮船，而不是去上海或长崎。"

"为什么不行呢？"引水员回答说，"去旧金山的船不从横滨出发，只是在横滨和长崎中途停靠一下，始发港是上海。"

"您对您说的有把握吗？"

"有把握。"

"去旧金山的船什么时候离开上海？"

"11 日晚 7 点。因此，我们有 4 天的时间。4 天就是 96 小时，按平均均时速 8 海里计，如果操作得好，如果始终刮东南风，如果海上风平浪静，我们就能按时跑完香港到上海的这 800 海里。"

"您的船何时能开？……"

"过一小时。买食物和准备开船需要这么长时间。"

"就这么定了……您就是这条船的船主？"

"是的，我是'坦卡代尔号'船主，约翰·邦斯比。"

"您要定金吗？"

"如果先生愿意的话。"

"这是 200 英镑定金……先生。"菲利亚·福格转向菲克斯问道，"您愿不愿意搭……"

"先生，"菲克斯当机立断地回答，"我正想求您帮这个忙哩。"

"好吧。过半小时我们后上船。"

"可那个可怜的小伙子……"爱乌达夫人说，"万事达"的失踪让她极其不安。

"我将尽我所能替他安排一下。"菲利亚·福格回答说。

当烦躁、焦急、愤怒的菲克斯向领港船走去的时候，福格先生和爱乌达夫人则朝着香港警察局走去。菲利亚·福格向警方报告了"万事达"的外貌特征，并留下了一笔足够把他送回国的钱。接着，他俩又去法国领事馆，办理了同样的手续，这才回到旅馆，取了行李，乘上轿子，回到港口。

3 点整，43 号领港船的船员已在船上，食物也已备齐，准备起锚了。

"坦卡代尔号"是一只很漂亮的小型双桅纵帆帆船，重 20 吨，船头尖尖，落落大方，吃水很深，活脱一只竞赛快艇。船上铜器闪亮，铁器镀锌，甲板如象牙一般洁白，这说明船主约翰·邦斯比很会保养他的船，船上的两根主桅略向后倾。船上还装备有后桅帆、前桅帆、船首三角帆、后桅三角帆、顶桅帆，顺风时，扯满这所有的船帆，可以大大地加快船速。它跑起来一定快极了，而且，事实上，它在快艇比赛中多次获奖。

"坦卡代尔号"除船主约翰·邦斯比外，还有 4 名船员。他们都是勇敢的水手，不论什么天气，都要闯进大海去寻找船只，引领进港，他们对大海了如指掌。约翰·邦斯比 45 岁光景，身体壮实，皮肤晒得黑黑的，两眼炯炯有神，一副坚定、沉着、善于使船的样子，最胆小的人见了他心中也有了底。

菲利亚·福格和爱乌达夫人上了船，而菲克斯已经先上船了。他俩从船后舱下到一间正方形船舱。船舱壁上有凹进去的吊铺，铺下有一只圆形沙发凳，中间有一张桌子，由一盏晃动着的灯照亮着。船舱很小，却很干净。

"很抱歉，没有更舒服点儿的地方。"福格先生对菲克斯说。后者点头致意，没有回答。

警探感到这么叨扰福格先生，心里反倒像是受到侮辱似的。

"毫无疑问，"菲克斯寻思，"他是个极讲礼貌的混蛋，但毕竟还是个混蛋！"

3点10分，船帆升挂上了。快艇响起号角，英国国旗升了起来。旅客们坐在甲板上。福格先生和爱乌达夫人最后看了一眼码头，看看"万事达"会不会出现。

菲克斯不无担心，因为说不定碰巧了，被他卑鄙地坑害的倒霉小伙子会突然出现在码头上。那他可就说不清道不明了，那可就要他的好看了。但法国小伙子并没有出现，想必鸦片的麻醉劲儿还没有过去。

约翰·邦斯比驾着船终于驶入大海。"坦卡代尔号"的后桅帆、顶桅帆和后桅三角帆兜满了海风，破浪前进。

第三部　鼻子变长

第二十一章
"坦卡代尔号" 船主险些失掉 200 英镑的奖金

乘一条 20 吨重的小船，特别又是在一年中的这一季节，远行 800 海里，简直是一种冒险的远征。在中国的这一带海面上，一般都是恶劣天气居多，尤其是在春分和秋分前后，而现在还是 11 月初。

很明显，如果把旅客们送到横滨，船主会更加得益，因为他是按天数收钱的。不过，在这种天气条件下横渡大海那就太冒险了，就这样北去上海也证明他不说是鲁莽，也是够胆大的了。不过，约翰·邦斯比对他的 "坦卡代尔号" 很有信心。它正在破浪前进，也许船主没有做错。

当天傍晚时分，"坦卡代尔号" 驶入香港水流最湍急的航道，开足马力，在几乎是正后方吹来的海风的推动下，航行得又快又稳。

"我无须叮嘱您，越快越好，船主。" 当小船驶入茫茫大海时，菲利亚·福格说。

"先生您就放心好了，" 约翰·邦斯比回答说，"我们根据风向，把能挂的帆全都挂上去了。顶桅帆没挂，挂上也没用，反而帮倒忙，减缓船速。"

"您是内行，我可不懂，我信得过您，船主。"

菲利亚·福格身体笔直，双腿叉开，像水手般坚定，眉头皱都不皱一下地注视着汹涌的波涛。年轻女子坐在船尾，眼望着在暮色中已经苍苍茫茫的大海，感到乘着这只轻舟乘风破浪，不免有点儿紧张。头顶上方，一张张白帆，宛如巨大的羽翼，带着她在空中遨游。小船被风吹着，仿佛在空中飞翔。

夜幕降临。上弦月升起来了，淡淡的月色很快就消失在天边的浓雾之中。乌云从东边卷过来，已经遮住了一部分星空。

船主点上了信号灯。这一带靠近海岸，船只往来频繁，点上信号灯是必须的安全措施。撞船的事在这一带并不鲜见，而"坦卡代尔号"速度又快，稍一碰撞，必然粉身碎骨。

菲克斯在船头上沉思默想。他知道福格生性少言寡语，所以离他远远的。再说，跟这个请他搭顺船的人聊天，他也觉得别扭。他也在考虑下一步的事。他觉得可以肯定，福格先生不会在横滨停留，会立即搭乘开往旧金山的客轮，前往美洲，那儿天高地阔，更可以逍遥法外。他觉得菲利亚·福格的打算是一目了然的。

这个福格不像一般的坏蛋那样，从英国坐船直接前往美国，而是绕了个大圈子，兜了大半个地球，这才更加保险地踏上美洲大陆，甩掉警方，安安稳稳地坐享从银行窃得的巨款。要是他到了美国，菲克斯将如何是好？不跟踪他了？不行，绝对不行！在拿到引渡文书之前，要寸步不离地盯住福格。这是他的职责，他将奉陪到底。不管怎么说，已经有了一个有利条件了："万事达"已不在他主人的身边，特别是在菲克斯向"万事达"交了底之后，绝不能让主仆二人再相见。

菲利亚·福格也在想他那蹊跷失踪了的仆人。他分析了各种情况之后，觉得很可能由于阴错阳差，可怜的小伙子在临开船时上了"卡纳蒂克号"。爱乌达夫人也是这么认为的，她对这个诚实仆人的失踪十分痛惜，她欠他那么多的情。很有可能在横滨会遇上他的。他到底是不是上了"卡纳蒂克号"，这很容易搞清楚的。

10点光景，风力突然加大。为了谨慎起见，也许最好是收帆缓行，但船主仔细地观察了一番天象之后，仍然扯着满帆前进。再说，"坦卡代尔号"船帆很有效力，船吃水又深，一切都适宜于快速航行，即使遇上狂风暴雨也无妨。

午夜时分，菲利亚·福格和爱乌达夫人下到舱房。菲克斯已在他俩之前先下去了，躺在了一张床上。船主及其水手们则整宿待在甲板上。

翌日，11月8日，日出时分，小船已经行驶了100多海里。经常要扔进海里测量船速的计程仪标示出，小船的平均时速是八九海里。"坦卡代尔号"有后侧风吹动着它所有的船帆，因此达到它最快的速度了。如果风向保持不变，小船便能顺利地到达目的地。

在这一整天中，"坦卡代尔号"没有离开海岸太远，因为近海水流有利它的航行。它的左舷后半部离海岸顶多5海里，有时透过云雾中的一角青光，可以看见海岸参差不齐的影子。风从陆上吹来，海面依然平静。这对"坦卡代尔号"来说真是太好了，因为小吨位的船只尤其害怕大浪，它使船快不起来。用海上术语来说，这叫"大浪煞船"。

中午时分，风力小了点儿，风向转为东南风了。船主叫水手们把顶桅帆挂起来。可是，两小时之后，又不得不把顶桅帆落了下来，因为风又刮大了。

福格先生和年轻女子非常走运，一点儿也不晕船，他们津津有味地吃着带上船来的罐头和饼干。菲克斯被邀请与他俩共同分享食物。他不得不接受，因为他很清楚，人跟船一样，得填饱肚子，不过，这让他觉得难堪！白搭这人的船，又白吃这人的东西，他觉得这有点儿不地道。不过，他还是吃了，虽然是匆匆忙忙地吃了一点点，但毕竟是吃了。

吃完饭之后，他认为应该同福格先生单独谈一谈了，于是，他对他说：

"先生……"

这"先生"两个字像是在咬他的嘴唇，他尽力克制住自己，免得要揪住这个"先生"的衣领！

"先生，您真好心，让我搭船。但是，尽管我的经济条件不允许我像您那样大方，但我仍想付我该付的那份船钱……"

"区区小事，何足挂齿，先生。"福格先生回答道。

"不，不，我还是得付……"

"不行，先生，"福格用不容置辩的口气重复道，"这已经打在我的总开支里面了！"

菲克斯只好顺从，但他觉得憋得慌，便来到船头躺下，一整天没再说一句话。

这时，船正快速前行。约翰·邦斯比胸有成竹。他好几次对福格先生说，将按时抵达上海。福格先生只是淡淡地回答说：但愿如此。此外，小船上的全体船员也都奋勇当先。奖金在激发着这些诚实的人。因此，没有一根下后角索不是被拉得紧绷绷的！没有一张帆不是扯得满满的！掌舵的人无可指责，方向一点儿没偏差！他们简直比参加皇家游艇俱乐部的比赛都更加认真。

傍晚，船主查看了计程器，知道离开香港后已经航行了220海里，而菲利亚·福格渴望到了横滨，在旅行日记上没有任何延误可以记录的。这样看来，离开伦敦所遇上的第一次重大意外情况可能不会给他带来任何损害。

夜晚，将近黎明前的那几小时，"坦卡代尔号"已确确实实地驶入福建海峡，越过了北回归线。福建海峡风大浪急，尽是逆流形成的旋涡。小船行驶得非常吃力。急促的浪涛阻滞着它的行进。人在甲板上很难站稳。

黎明时分，风势更猛。天空中有狂风将至的迹象。再说，晴雨表也显示出天气马上就要变了。它一昼夜间都一直很不稳定，水银柱急剧地升降着。东南方海面也可看到巨浪滚滚，预示着暴风雨的来临。头天晚上，海上波光粼粼，太阳落入一片红雾之中。

船主对这恶劣天象观察良久，嘴里嘟囔了几句，但听不清说了什么。过了一会儿，他来到福格先生面前。

"先生，我可以把实情告诉您吗？"他声音很低地说。

"有话请讲。"菲利亚·福格回答。

"那好，我们要遇上大风了。"

"是从北边还是从南边刮来的？"福格先生淡淡地问道。

"从南边刮来的。是一场正在生成的台风！"

"既然是南边刮来的，台风也很好，顺风快航！"福格先生回答说。

"如果您这么看，"船主说，"那我就没什么可说的了！"

约翰·邦斯比的预感没有错。据一位著名的气象学家说，秋季里，台风就像闪电似的一掠而过，但是，冬末春初，它就凶猛异常，令人生畏了。

船主提前做好准备。他让水手们把所有的船帆全都拉紧，把横桁放倒在甲板上。顶桅杆也都放倒了。辅助帆桁也收起来了。所有舱口全部盖得严严实实，台风来时，一滴水也不让流进船舱。只张着一张三角帆。这是一种厚帆布的船首三角帆，遇暴风时用的，以便利用后面吹来的风，使小船继续航行。一切就绪，听天由命。

约翰·邦斯比叫乘客们都下到船舱里去了。但是，空间狭小，几乎缺少空气，海浪又使船颠簸得很厉害，真比坐牢还难受。福格先生也好，爱乌达夫人也好，就连菲克斯，都很不愿意离开甲板。

8点钟光景，狂风暴雨袭击了小船。"坦卡代尔号"仅有那么一小块船帆，被狂风吹得像一根羽毛似的在飘荡，其惊险至极简直无以名状。说它比开足马力的火车头的速度还要快上四倍，那也没言过其实。

小船一整天就这样被巨浪簇拥着向北飞去，幸好它还能保持着一种与波涛同样的快速度。它无数次地差点儿被身后排山倒海似的压过来的浪头压翻，但是，都因船主灵巧地把舵一转，躲过去了。乘客们有时被翻滚的浪花兜头浇来，但他们都泰然自若，毫不畏惧。菲克斯想必在低声抱怨，但英勇不屈的爱乌达夫人则目不转睛地凝视着福格，对她的同伴的镇定自若钦佩有加，自己也表现得无愧于他，与他并肩面对那暴风雨的袭击。至于菲利亚·福格，好像这场台风是他早已预见到的一样。

直到目前为止，"坦卡代尔号"一直是向北行进的。但是，将近傍晚时分，正如大家所担心的，风向大变，刮起了西北风。小船侧翼迎浪，摇晃得十分厉害。如果不了解船的各部分互相连接得有多么坚固，看见这样的惊涛骇浪，会吓得魂飞魄散的。

黑夜降临，暴风雨还在加剧。看见天空漆黑，困难更大，约翰·邦斯比感到惴惴不安。他在寻思是否该找个地方避上一避，于是，他去征求船员们的意见。

问过船员们之后，约翰·邦斯比走到福格先生跟前，对他说道：

"先生，我看我们最好是找个沿海港口避一避吧。"

"我也这么想。"菲利亚·福格回答。

"好啊!"船主说,"哪个港口好呢?"

"我只知道一个。"福格先生平静地回答说。

"哪一个?……"

"上海。"

一开始,船主蒙了一会儿,不明白福格先生这一回答的意思,不明白其中所包含的坚定和顽固。突然,他恍然大悟,嚷道:

"好,对呀!先生说得有道理。向上海前进!"

因此,"坦卡代尔号"始终不渝地向北驶去。

黑夜着实吓人!小船没沉简直就是个奇迹。它曾两次被吹得侧倾欲翻,要不是系索拴得结实牢靠,船上的东西全都会滚落进大海中去的。爱乌达夫人快散架了,但她并未哼过一声。福格先生不止一次地不得不向她扑过去,保护她免遭恶浪的袭击。

天已亮了。暴风雨仍在极其凶狠地肆虐着。不过,风向又转为东南风了。风向的这一转变很有利,新的风向卷起的海浪冲击着原先西北风留下的逆浪,"坦卡代尔号"重新在这波涛汹涌的大海上搏击起来。如果它不是那样的坚固,在这海浪的相互撞击中,必然就粉身碎骨了。

透过雾中缝隙,可以不时地看见海岸,但看不见一条船。"坦卡代尔号"是唯一的一条在战狂风斗恶浪的船。

时近中午,暴风雨显露出暂时停息的迹象,随着太阳的西移,这迹象愈加明显。

这场暴风雨持续的时间虽然不长,但异常的猛烈。乘客们已疲惫至极,但可以吃点东西,稍做休息。

夜晚,海上相对平静些。船主让把船帆挂起。小船的速度非常之快。第二天,11日,日出时分,约翰·邦斯比观察了一番海岸之后，断定离上海不到 100 海里了。

只有 100 海里了，但必须在一天之内赶到！福格先生应该在当天晚上到达上海，否则就会误了去横滨的船。这场暴风雨使他浪费了很多时间，不然的话，此刻他离上海港不到 30 海里了。

风势锐减。不过，幸好大海也随之平静了。"坦卡代尔号"张满了帆。顶桅帆、支索帆、前桅三角帆，全都挂上了，可大海却在艄柱下泛着白沫。

晌午时分，"坦卡代尔号"离上海已不到 40 海里了。离开往横滨的船开航的时间只剩下 6 个小时了，必须在这之前赶到上海港。

船上的人都非常担心。大家都想不惜任何代价及时赶到上海。所有的人——当然除了菲利亚·福格以外——都感觉到自己的心在焦急不安地跳动着。小船必须保持在平均时速 9 海里，可风势却总在减弱！那风很不规律，时有时无地从海岸上吹来。风吹过去之后，海水随之也就没有一丝波纹。

然而，小船是那么轻巧，船帆高挂，优质的帆布兜满阵风，以致靠着顺流，约翰·邦斯比估计到黄浦江只有 16 海里了，因为上海市区离黄浦江口至少有 12 海里。

7 点钟，船离上海还有 3 海里。船主骂了声粗话……很显然，200 英镑的赏钱要泡汤了。他看了看福格先生。后者不动声色，可他的整个命运完全取决这一关键时刻……

也正是在这一时刻，一根长长的烟囱，冒着滚滚浓烟，出现在远处的水面上。那是美国邮轮，正点驶出港口。

"见鬼！"约翰·邦斯比绝望地把舵柄一推，叫骂道。

"发信号！"菲利亚·福格简单地说。

一个小铜炮伸出"坦卡代尔号"船头。它是在大雾天里用来发信号的。

小铜炮装了满膛的火药，但是，正当船主要用通红的炭火点火门时，只听见福格先生说：

"下半旗。"

旗杆上降了半旗。这是遇难信号，大家希望美国轮船看见这一信号之后，改变一下航线，向小船靠过来。

"开炮！"福格先生说。

于是，小铜炮向空中发出了阵阵轰鸣。

第二十二章
"万事达"明白了，即使走到天边，兜里也得装点儿钱

"卡纳蒂克号"11月7日晚6点30分离开香港，开足马力向日本驶去。船上装满了货物和旅客。但船尾有两间舱房空着。那是菲利亚·福格先生早已预订下的舱房。

第二天早晨，船首的旅客们不无惊讶地看到有这么一位旅客，两眼恍惚，摇摇晃晃，头发蓬松，从二等舱出口爬上来，踉踉跄跄地在甲板上的桨、桅备用件上坐下来。

这个旅客正是"万事达"。事情是这样的。

菲克斯离开大烟馆没一会儿工夫，两个小伙计便把昏睡过去的"万事达"抬起来，放倒在专为烟鬼们预备的那张板床上。可是，三小时过后，即使噩梦不断，但脑子里仍一直想着赶船的"万事达"醒了过来，不顾鸦片的麻醉效力，拼命地挣扎着。失职的念头使他清醒。他离开了昏睡的烟鬼们的那张床，东倒西歪地扶着墙壁，跌倒了爬起来，始终有一种本能在顽强地推动着他，使他终于走出了

大烟馆，像梦呓似的喊着："'卡纳蒂克号'！'卡纳蒂克号'！"

"卡纳蒂克号"已在港口升火待发。"万事达"已经到了船边。当"卡纳蒂克号"正要解缆开船之际，他冲上跳板，穿过舷门，晕倒在船头。

见惯了这种场面的几名水手把这个可怜的小伙子抬到二等舱的一间舱房里。"万事达"第二天早上才醒过来，此时，轮船已经驶离中国大陆150海里了。

就这样，这天早上，"万事达"来到"卡纳蒂克号"的甲板上，大口地呼吸着海风吹来的新鲜空气。这纯净的空气使他完全清醒了。他开始拼命地回忆，费了九牛二虎之力才终于想起头一天的情景，想起菲克斯说的真情，想起来大烟馆等一切。

"很明显，"他心想，"我被人给弄醉倒了，醉得不成人样儿！福格先生会怎么说呢？不管怎么说，我没有误船，这是最主要的。"

然后，他又想到菲克斯。

"至于这个家伙嘛，"他寻思着，"真希望我们把他摆脱掉了，真希望他向我提出那么个建议之后，不敢跟着我们上'卡纳蒂克号'。一个警官，一个警探，竟盯住我的主人不放，指控他偷了英国国家银行的钱！笑话，福格先生要是小偷，那我就是杀人犯！"

"万事达"在想是不是该把这些事告诉自己的主人？把菲克斯在这件事中所扮演的角色告诉他合适吗？等他回到伦敦，再告诉他英国警视厅的一名警探尾随着他环游世界，那时候，同他一起开怀大笑岂不更好吗？对，这样更好。不管怎么说，要仔细地掂量掂量。最要紧的是找到福格先生，向他检讨自己的过分有失检点，求他原谅。

于是，"万事达"站起身来。大海波涛汹涌，轮船颠簸得厉害。正直的小伙子两腿还软绵绵的，费劲乏力地来到了船尾。

后甲板上，他没见到一个人像自己的主人或爱乌达夫人的。

"嗯，"他说，"爱乌达夫人此刻还在睡觉呢。至于福格先生嘛，他肯定找到了玩'惠斯特'的牌友，按自己的习惯，在……"

"万事达"说着便下到客厅。福格先生没在里面。"万事达"没法，只好去问船上的事务长，福格先生住哪间舱房。事务长回答他说，不知道有叫这个名字的旅客。

"对不起，""万事达"追问道，"他是位绅士，高挑身材，表情冷漠，不喜欢交际，有一位年轻夫人陪着……"

"我们船上没有年轻夫人，"事务长回答说，"您若不信，这是旅客花名册，您查一查。"

"万事达"查看花名册……他主人的名字没在上面。

他觉得头晕目眩。然后，脑子里闪过一个念头。

"啊呀！我上的是'卡纳蒂克号'吗？"他嚷叫道。

"是呀！"事务长回答道。

"是开往横滨吗？"

"一点儿没错。"

"万事达"还担心自己上错了船呢！可是，他要是在"卡纳蒂克号"上，那他主人肯定是没上这条船。

"万事达"跌坐在一张扶手椅上。这真是个晴天霹雳。突然间，他眼前一亮。他想起来了，他本该通知主人船提前开航的，可他没去通知！要是福格先生和爱乌达夫人没有赶上这班船，那就是他的错！

是的，是他的错，但更是那个混账菲克斯的错。菲克斯为了把他和他主人分开，为了把他主人拖在香港，竟然将他弄昏睡过去！因为他终于明白了警探菲克斯的伎俩。可现在，福格先生肯定是给毁了，打赌输了，也许还给抓了起来，投进监狱里去了！……一想到这儿，"万事达"恨得直揪自己的头发。啊！要是菲克斯让我再碰上，看我怎么收拾他吧！

最初的一阵沮丧过后，"万事达"还是恢复了平静，仔细考虑眼前的处境。处境很不妙。他正在驶往日本的船上。肯定是会到日本的，可到了日本之后怎么办呢？他囊空如洗，一个子儿也没有啊！不过，船票钱和船上的饭钱是预付了的，因此，他有五六天的时间来想法子。他在船上的吃喝样儿，简直难以描绘。他把主人的一份、爱乌达夫人的一份以及自己的那一份全吃了。他的那种吃法，简直就像是他正要去的日本是一个不毛之地，什么吃的都没有似的。

13日，"卡纳蒂克号"趁着早上涨潮，驶进横滨港。

这个港口是太平洋的一个重要港口，往来于北美及中国、日本和马来西亚群岛的各种货船客轮，都要在此停泊。横滨就在东京湾内，离江户①这座大城市不远，是日本帝国的第二大城市，是旧时大君②的驻地。在民间统治者大君那个时代，横滨可与天神后裔——日本天皇的京城分庭抗礼。

"卡纳蒂克号"穿过无数的各国船只，驶入横滨港，在港口大堤和海关仓库附近靠了岸。

"万事达"懒洋洋地踏上了这块太阳神子孙们的极其奇异的土地。他没有什么更好的办法，只有听天由命，在城市的大街小巷里碰碰运气。

"万事达"起先来到一个纯粹的欧洲街区，房屋面墙低矮，前有游廊，雕梁画栋支撑着，从契约岬到沿河滨，全是该街区的街道、广场、船坞和仓库。这里同香港、加尔各答一样，熙来攘往的是各个民族的商人，有美国人、英国人、中国人、荷兰人，买什么卖什

---

① 东京的旧名。

② 日本江户时代藩将的别称。

么的都有。法国小伙子"万事达"在这群人中觉得宛如到了奥坦托人①中间一样陌生。

"万事达"还是有个办法的，他可以去找法国或英国驻横滨的领事馆，可他讨厌说出自己的来历，因为这与他主人密切相关，所以他想先另觅出路，不到万不得已，不去找领事馆。

他跑遍了横滨的欧洲街区，但没有遇上任何机会，因而便来到横滨的日本街区，横下一条心来，不得已时，一直跑到江户去。

横滨本地人住的这个街区叫作"本顿区"，本顿是附近各岛供奉的海上的一个仙女的名字。在这个街区里，到处是植着青松翠柏的小径、建筑奇特的圣像门、绿竹翠苇掩映的小桥、百年老树荫庇的幽暗的寺院和佛门弟子、孔门圣徒清苦度日的庙堂，还有一些一眼望不到尽头的长街，成群的孩童，双颊红润，白里透红，宛如从日本屏风上跑下来似的，在同一些长毛短腿的狮子狗以及一些懒洋洋却挺惹人怜爱的黄毛无尾猫玩耍嬉戏着。

大街上，人群熙熙攘攘，来来往往。有敲着单调的木鱼列队走过的和尚，有头戴漆花尖顶帽、腰挎两把军刀的海关官员或警官，有身着紧身绸上衣、锁子甲护身的御林军以及许许多多各军兵种的军官，因为在日本，当兵是受人尊崇的。此外，还有一些化缘僧人、穿长袍的香客以及一般的平民百姓，他们头发乌黑光滑，脑袋挺大，腿细而上身长，身材矮小，肤色深浅不一，深的如古铜色，浅的灰白无光泽。还有，在马车、轿子、马匹、挑夫、篷车、漆花古轿、双人软轿、竹编滑竿中间，可以看到一些不怎么漂亮的日本女人，一个个小脚尖尖，莲步轻移，穿着布鞋、草拖鞋或特制木屐，眼角吊起，胸脯平平，牙齿依照时尚染成黑色，却穿着华丽的民族服

---

① 往日南非西部地区的一个游牧民族，是个多妻制民族，人口不到 2 万。

装——和服。这是一种晨衣，用一条丝绸宽带结起，在身后结成一个大花结。当今巴黎女子似乎是从日本女人那儿学来了这种时装样式。

"万事达"在热闹非凡的人群中闲逛了几小时。他也光顾了古色古香、富丽堂皇的店铺，堆满琳琅满目的日本首饰的市场，望了望他没钱进去的挂满彩旗招幡的饭馆，瞧了瞧人们喝着香茗热茶的茶馆，还有人在喝一种"清酒"，那是一种用大米发酵而成的水酒。他还张望了一番那些舒适的烟馆，但人们只是在吸一种上等烟草，而不是鸦片，因为日本人几乎不抽鸦片。

然后，"万事达"来到了郊外，置身于一片稻田之中。野外，满地花草，散发出醉人的芬芳。其中有妍丽的茶花，但不是长在矮小的山茶树丛中，而是长在乔木山茶树上。在竹篱圈起的果树林中，种着樱桃树、李子树和苹果树，但当地人种它们不是为其果实而是为了花朵。果树林中扎着一些丑陋的草人，放置着一些带哨的绞盘，借以驱逐麻雀、鸽子、乌鸦及其他啄食的飞禽。棵棵高大的杉树上都有雄鹰栖息，株株垂柳下都藏着忧思的单足独立的鹭鸶。此外，到处可见小嘴乌鸦、野鸭、山鹰、大雁以及许许多多的仙鹤。日本人视仙鹤为"神鸟"，是福禄寿的象征。

"万事达"正这么闲荡着，忽然发现草丛中有几棵紫堇。

"好!"他说，"这就是我的晚餐了。"

可是，他闻了闻，觉得一点儿香味都没有。

"真倒霉!"他想道。

诚然，正直的小伙子有先见之明，在离开"卡纳蒂克号"之前，曾尽可能地吃了个饱，但是，逛了这么一整天了，他觉得饥肠辘辘。他早就明显地注意到，当地肉铺里根本就没挂绵羊肉、山羊肉或猪肉，而且他还知道，牛是专门用来耕田犁地的，宰牛是一种亵渎，因此，他得出一个结论：在日本肉类罕见。这他倒是没有搞错。不过，肉铺里没有肉卖，不等于他的肚子不习惯吃别的动物肉，如野猪肉或鹿肉、山鹑或鹌鹑、家禽或鱼肉，日本人吃大米，差不多专门吃这些东西。但是他不得不忍耐着，填饱肚子的事得留到第二天再说了。

黑夜来临。"万事达"回到了该城的日本街区。街上挂满了各种灯笼。他在街上闲逛着，看看一摊摊的江湖艺人在表演自己的绝活儿，瞧瞧星象家们在露天地里用望远镜招徕顾客。然后，他又回到港口，只见渔火万点，渔民们正用松树明子的火光在诱使鱼儿入网。

街上行人终于少了。警官们开始巡夜了。他们穿着漂亮的制服，在巡逻兵丁的簇拥之下，俨如驻外使节。"万事达"每当遇上这种神气十足的巡逻队，总要开心地说上一句：

"喂，好啊！又是一个日本使团出使欧洲了！"

第二十三章
"万事达"的鼻子变得异常的长

第二天，疲惫不堪、饥饿难耐的"万事达"暗自琢磨，无论如何也得想法儿吃饭，而且是越快越好。其实他还是有一条出路的，就是把表卖掉，但他宁可饿死也不卖。此时此刻，对于这个正直的小伙子来说，只有一招了，那就是利用自己那虽不优美动听但浑厚有力的天赐嗓子。

他会唱一些法国和英国的老歌旧调，便决定一试歌喉。日本人肯定喜爱音乐，因为他们干什么都用锣鼓伴奏，所以他们也一定会欣赏一个欧洲声乐家天才的。

不过，也许天色尚早，无法立即卖唱，即使有音乐爱好者，要是被突然吵醒，也不会掏出铸有天皇头像的钱币来赏给卖唱者的。

于是，"万事达"决心等上几个钟头。可是，他一边走着，一边犯了嘀咕，觉得作为一个流浪艺人，自己似乎穿得太好了点儿。于是，他灵机一动，想拿自己的衣服去换一身与眼前处境相匹配的旧衣服，再说，这么对换还可以找点儿钱回来，那就可以立即填饱肚子了。

主意一定，问题就是付诸实行了。他找来找去，好不容易发现了一家当地人开的估衣店，向店主说明了来意。店主很喜欢他的西装。"万事达"很快便穿上了一件日本旧袍子，戴上了一顶陈旧褪色的花纹头巾，走出店来，口袋里还有几枚银币在丁当作响。

"好，"他心想，"我觉得要过狂欢节了！"

这么一副日本人打扮的"万事达"，第一件要做的事就是走进一家外表不起眼的"小茶馆"，要了点儿鸡鸭零碎儿和一点儿米饭，凑合着吃了顿饭，还在愁着下一顿怎么解决呢。

"现在，"他填饱肚子之后寻思着，"可不能晕头转向了。不可能再卖掉这身旧衣服，再换一套更旧的了。必须尽快想法离开这个'日出之国'，我对这个地方没有好感！"

于是，"万事达"便想去看一看有没有开往美洲的轮船。他打算在船上找一份厨师或仆役的差事，不要报酬，只要让他搭船和管饭就行。到了旧金山，他再看看有什么办法可想。首要的是越过日本到新大陆之间的这4700海里的太平洋。"万事达"是个说干就干的人，他立即向横滨港口走去。可是，越是走近码头，他越是觉得一开始想象得非常简单的那个计划，越来越不好付诸实行。一艘美国船干吗要他这么一个人当厨师或仆役？瞧他这身打扮，人家能信得过他吗？有什么过硬的推荐信吗？能向人家提供什么保人吗？

正当他在这么思来想去的时候，忽然他的目光落在一张大海报上。这种海报由一个小丑背着，在横滨的大街小巷转悠。这张海报用英文这么写着：

尊贵的威廉·巴图尔卡领导的

日本杂技团赴美前最后一次演出

在天狗神①直接庇护下演出

长鼻子长又长

精彩纷呈趣味无穷

"去美国!""万事达"嚷道,"我正想去哪!……"

他跟随着这个背着海报的小丑,一会儿便回到了日本街区。一刻钟之后,他来到了一个很大的马戏棚门口,门上插满了一束束的小彩旗,外棚壁上画着一些没有配景但色彩强烈的杂耍演员的像。

这就是尊贵的巴图尔卡的杂技团场地。巴图尔卡先生是美国的巴纳姆②式的人物,他领导的杂技团中有杂耍演员、手技演员、小丑演员、杂技演员、走钢丝的和技巧演员。据海报称,他们这是赴美前离开日出帝国的最后一场演出。

"万事达"走进棚内场地前的圆柱廊下,求见巴图尔卡先生。巴图尔卡先生走上前来。

"您有何贵干?"他问"万事达",他还以为后者是个当地人哩。

"您需要个仆人吗?""万事达"问。

"一个仆人?"这个"巴纳姆"捻着下巴上厚厚的灰胡须大声说道,"我有两个仆人,老实听话,忠心耿耿,从未离开过我,为我干活却不求索取,只要我管饭就行……就是它们呀!"他说着伸出两条粗壮的臂膀,青筋暴跳,宛如低音提琴的粗琴弦。

"这么说,我对您毫无用处了?"

"毫无用处。"

---

① 日本民间的神,面目狰狞,鼻子很长。

② 美国著名的杂技团承办人(1810—1891),1871 年组建的巴纳姆马戏团闻名遐迩。

"见鬼！要不然我同您一起走该有多好。"

"原来如此！"尊贵的巴图尔卡说，"您要装得像日本人，那我就能装得像猴子了！您干吗这么一身打扮呀？"

"能穿什么穿什么呗！"

"这话倒不假。您是法国人？"

"是呀，地地道道的巴黎人。"

"那么，您应该会扮鬼脸喽？"

"那当然，""万事达"回答说，他看到自己的法国人身份竟会引出这么个问题，觉得十分恼火，"我们法国人是会扮鬼脸，不过，同你们美国人比起来就差得远了！"

"说得对。喏，如果说我不雇您当仆人的话，可我却可以雇您当小丑。您是知道的，伙计。在法国，你们扮演外国小丑；而在外国，你们就扮法国小丑吧！"

"啊！"

"不过，您的身体很壮实吧？"

"特别是当我吃了饭之后。"

"您会唱歌吧？"

"会唱。""万事达"回答，他以前在街头音乐会上唱过歌的。

"可您会头朝下脚朝上地唱吗？而且左脚掌上还得放一个滴溜溜转的陀螺，右脚掌上直立着一把军刀。"

"那当然！""万事达"回答，他想起了年轻时所受的基本功训练。

"您瞧，我想请您干的就是这个！"尊贵的巴图尔卡说。

条件当场便谈妥了。

"万事达"终于找到了一份活儿。他在这个著名的日本杂技团里被雇用来打杂，什么都干。这不是什么令人满意的活儿，但是，不用一个星期，他就可以启程去旧金山了。

尊贵的巴图尔卡大事鼓噪的演出将在3点开始。很快，日本乐队便在戏棚门口敲打起来，锣鼓喧天。大家都知道，"万事达"没有什么专门角色，但他得用他那壮实的肩膀为天狗神的长鼻子演员们演的"叠罗汉"助一臂之力。这是整场演出的压轴戏。

3点还没到，观众们已经拥进宽敞的马戏棚内。欧洲人和当地人，中国人和日本人，男人、女人和孩子，都拥挤着抢占一条条狭窄的长凳和面对舞台的包厢。乐师们从门口回到棚内。乐队的人齐了，小锣、铜鼓、响板、笛子、小铜鼓、大铜鼓，疯狂地敲打鸣奏起来。

演出的节目与所有杂技团的演出节目大同小异。但必须承认，日本人是世界上第一流的平衡技巧演员。有个演员手里拿着扇子和碎纸片，动作优美娴熟地表演了"群蝶飞花"；另一个演员用烟斗喷出芳香的青烟，迅速地在空中写出一个个字，向观众献上一句颂词；一个手技演员抡圆了抛起几只燃着的蜡烛，轮流用嘴吹灭，又相继点燃，动作连贯，毫无间隙；另一个演员把一个个陀螺抽得飞速旋转，嗡嗡作响，在他手下，它们全都像是有生命似的，或在烟斗杆上，或在刀口上，或在系在舞台两端细如发丝的钢丝上，转着跑着，忽而围着几只大水晶瓶转圈儿，忽而爬上竹梯，忽而四散开去，发出不同声响，组合而成奇妙的和鸣。然后，演员们耍玩着陀螺，让它们在空中旋转，忽用木质球拍击打，陀螺飞来飞去，仍旧旋转不停，然后又将它们装进口袋。掏出来时，它们依然在转，一直转到里面的发条松弛，陀螺突然变成了一束束人造花朵！

用不着在此一一描述杂技团演员们的绝活儿。反正，转梯、高竿、大球、滚筒等杂技，演得简直是炉火纯青，登峰造极。不过，节目中，最吸引人的要数那些"长鼻子"的表演了，他们惊人的平衡技巧在欧洲尚属鲜见。

这些"长鼻子"是在天狗神直接庇护下组成的一个特别的表演班子。他们穿着如中世纪传令官的服装，肩膀上装着一对华丽的翅膀。不过，他们最特别的地方是脸上长着的那只长鼻子，尤其是他们用这只长鼻子进行的表演。这些长鼻子只不过是用竹子做的，长5英尺、6英尺或10英尺，有的笔直，有的弯曲，有的光溜平滑，有的疙里疙瘩。演员们正是在这些牢牢固定着的假鼻子上表演各种平衡绝技。有十二三个这种天狗神徒仰面朝天地躺着，其他长鼻子便在他们那些像避雷针似的竖立着的长鼻子上跳来蹦去，表演一些令人难以置信的绝技。

最后，报幕演员特别地向观众们宣布演出"叠罗汉"。有五十来个长鼻子来叠这座"罗汉塔"。不过，尊贵的巴图尔卡的艺术家们不是用他们的肩膀，而是用长鼻子作为支撑。由于垫底的演员中有一个离开了杂技团，而垫底演员只要壮实和灵巧即可，所以"万事达"便被选中替代离去的那个演员。

正直的"万事达"穿着中世纪的服装，装上两只五颜六色的翅膀，脸上又安上了一只长6英尺的鼻子，不禁回想起年轻时的艰难岁月，心里真不是个滋味！但是，不管怎么说，这只长鼻子可是他吃饭的家什，于是，他便豁出去了。

"万事达"上了台，来到为"叠罗汉"垫底的那帮搭档中间。他们全都躺倒在地，鼻子竖向空中。搭第二层的演员上到这些长鼻子上。

第三层又叠在第二层的长鼻子上，然后又叠上了第四层，随即，这些长鼻子尖上叠起的人塔很快便伸展到挂在舞台顶部的横幅帷幕了。

这时，掌声四起，乐队声若雷鸣。突然，"罗汉塔"摇晃起来，失去平衡，有一只垫底的长鼻子突然动了，罗汉塔像一座用纸牌搭起的城堡一样倒塌了……

这是"万事达"的过错。他突然离开罗汉塔，没有扇动翅膀就越过了栏杆，爬上右边的看台，嚷叫着扑倒在一位观众的面前：

"啊！主人！我的主人！"

"是您?"

"是我!"

"好！小伙子，快，快上船去！……"

福格先生和一直伴随身旁的爱乌达夫人以及"万事达"，通过走廊跑出马戏棚。这时候，他们突然看见尊贵的巴图尔卡满脸怒气，因演砸了而要求赔偿。菲利亚·福格扔给他一把钞票，平息了他的怒火。6点30分，船正要开的时候，福格先生和爱乌达夫人便登上了美国轮船，"万事达"紧跟在他们后面，两只翅膀仍在背上，脸上的那只6英尺长的长鼻子也没有拔去！

第二十四章
横渡太平洋

在快到上海时所发生的情况，我们已经知道了。"坦卡代尔号"发出的信号被开往横滨的轮船发现了。船长看见小船上下了半旗，便向它驶去。过了一会儿，菲利亚·福格按讲好的价钱，把550英镑（1.375万法郎）付给了约翰·邦斯比船主。然后，尊贵的英国绅士、爱乌达夫人和菲克斯便上了轮船。轮船立即开航，向长崎和横滨驶去。

11月14日早晨，轮船准时抵达横滨。菲利亚·福格让菲克斯去忙他的事，而他自己则来到"卡纳蒂克号"上，打听到了——这使爱乌达夫人非常高兴，也许福格先生也非常高兴，不过，他却一点儿也没流露出来——法国小伙子"万事达"确实在头一天随船来到了横滨。

菲利亚·福格当晚就得乘船去旧金山，所以他便立即开始寻找起自己的仆人来。

他去法国和英国领事馆打听过，但一点儿消息也没有。他跑遍了横滨的街街巷巷，但都一无所获，他对找到"万事达"已不抱希望了。可是，突然间，也许是巧合，也许是预感起了作用，他走进了尊贵的巴图尔卡的马戏棚。"万事达"穿了这么一身中世纪传令官的怪诞服装，福格先生肯定一点儿也没认出他来。可是，"万事达"仰面躺着，却看见自己的主人坐在看台上。这一下，长鼻子不可能保持不动了，因此，"罗汉塔"失去了平衡，哗啦一下便倒塌了。

后来，"万事达"从爱乌达夫人嘴里得知他们是怎么从香港到的横滨，并得知他们是同一位名叫菲克斯的先生一起乘的"坦卡代尔号"小船的。

听到菲克斯的名字，"万事达"声色未动。他寻思，现在还不是把他和警探间的事告诉主人的时候。因此，"万事达"在讲到自己经历的时候，只是骂自己，责怪自己在香港一家大烟馆不小心抽了鸦片，被麻醉了，误了大事。

福格先生冷静地听他叙述经过，没有吭一声。然后，他给了"万事达"足够的钱，让他去买一身合适点的衣服。不到一个钟头，诚实的小伙子已经去掉了长鼻子，摘去了假翅膀，身上一点儿天狗神徒的影子也没有了。

这艘从横滨开往旧金山的轮船属于太平洋轮船公司，名叫"格兰特将军号"。这是一艘有着两只大轮子的大型客轮，重 2500 吨，设备很好，速度很快。一根粗大的蒸汽机杠杆在甲板上方连续不断地一升一降着。杠杆有一端连接活塞柄，另一端连接着轮机曲轴，变直线推动力为推动轮机的动力，使大轮子转动起来。"格兰特将军号"装备着三张大桅帆，帆面宽阔，有力地配合着蒸汽机，大大加快了航速。按每小时 12 海里计算，用不了 21 天，"格兰特将军号"

就能横渡完太平洋。菲利亚·福格有绝对的把握，在12月2日到达旧金山，11日便可到达纽约，20日就回到伦敦。这样的话，就比12月21日这个命运攸关的日期提前完成环球旅行了。

船上旅客挺多，有一些英国人，有很多美国人，还有许许多多到美洲去做苦力的移民，以及不少在印度军队中服役的军官，利用休假漫游世界。

旅途中，没有发生任何航海事故。轮船借助大轮子和阔帆之力，平稳地行驶着。太平洋果如其名，太太平平。福格先生一如既往，冷静若素，寡言少语。他那位年轻的女伴对他愈来愈依恋，但已不再是出于感恩戴德了。他那沉静的性格，又豪爽仗义，使她意想不到地受到了触动，她已不知不觉地任凭情感去支配自己了。但是，谜一般的福格似乎丝毫未受其影响。

此外，爱乌达夫人对这位绅士的计划已深切地关心起来，她为会危及他的旅行成功的意外事故担惊受怕。她常常与"万事达"聊天，"万事达"从她的言谈话语中也看出了她的心思。现在，这个正直的小伙子对自己的主人怀着一种纯朴之人的朴实崇敬，他对菲利亚·福格的正直、仗义、忠贞赞不绝口。然后，他又叫爱乌达夫人放宽心，说旅行必然成功，一再强调最难的关头已经过去，他们已经走出了中国和日本这两个神奇的国度，正在回到文明之邦。最后，从旧金山坐上火车奔赴纽约，再乘轮船从纽约到伦敦。毫无疑问，这不可思议的环游地球之行便在规定的时间里完成了。

离开横滨9天之后，菲利亚·福格正好走完了环球的一半路程。

的确，11月23日，"格兰特将军号"越过了180°子午线，位于北半球的伦敦此时正好在地球的另一垂直端。福格先生所拥有的80天限期，确实已用去了52天，只剩下28天的时间了。但是，必须指出，如果说英国绅士按"子午线的差异"来说只走了一半路程的话，

那他实际上已经走完了全程的 2/3 了。事实上，他从伦敦到亚丁，从亚丁到孟买，从加尔各答到新加坡，从新加坡到横滨，绕了多大的一个圈儿啊！假使从伦敦位于的纬度 50°直线环绕地球的话，那全程只不过是 1.2 万英里左右。可菲利亚·福格受运输工具所限，却不得不绕行 2.6 万英里。而到 11 月 23 日这一天，他已经走完了大约 1.75 万英里。而且，现在都是直道了。再说，菲克斯也不在了，没法再给菲利亚·福格找麻烦了。

11 月 23 日，"万事达"竟然也遇上了一件十分高兴的事。大家还记得，顽固的小伙子一直让自己那只祖传的宝贝表保持伦敦时间，认为他所经过地方的所有时间都是不准确的。而这一天，尽管他从未把表拨快或拨慢，但他的表却同船上的钟是一致的。

"万事达"这么高兴，这是非常容易理解的。要是菲克斯在这儿的话，他真想知道菲克斯会怎么说。

"那个混蛋跟我讲了一大堆子午线呀、太阳呀、月亮呀什么的！""万事达"唠叨着，"哼！这种人！要是听他们的，那就没个准点了！我早就深信不疑，总有一天，太阳会决心照我的表走的！……"

"万事达"有一点不明白，那就是假如他的表像意大利钟表那样分成 24 小时的话，他就根本高兴不起来了，因为船上的钟指的是上午 9 点的时候，他的表则指着晚上 9 点，也就是 24 小时中的 21 点，这正好是伦敦和 180°子午线之间存在的差数。

不过，即使菲克斯在这儿，能把这个纯科学道理讲解清楚，"万事达"也未必能理解，起码他也未必肯接受。不管怎么说，即使万一警探菲克斯此时此刻出人意料地来到船上，那么，完全有理由痛恨他的，"万事达"很可能就要同他用另一种完全不同的方式谈论完全不同的另一个问题了。

此时此刻，菲克斯究竟跑哪儿去了呢？

菲克斯就在"格兰特将军号"上。

确实，警探到了横滨之后，撇下他原指望当天还能找见的福格先生，直奔英国领事馆而去。在领事馆，他终于见到了逮捕令。此令自孟买起一直跟在他的身后，足足40天了。因为香港当局以为他也上了"卡纳蒂克号"，所以就把逮捕令交到船上转给他收了。可想而知，菲克斯该有多么气恼！逮捕令已没有用了！福格先生已经离开了英国管辖范围了！现在只有办引渡手续才能逮捕他！

"也好！"菲克斯一开始的那阵愤懑过去之后，心里琢磨开来，"我的逮捕令在这儿已不再有用了，但回到英国还是管用的。这混蛋看样子是要回祖国去的，以为已经骗过警方了。那好，我就跟定他了。至于那钱，愿上帝保佑还能剩点儿！可是，旅费、赏钱、诉讼费、罚款、买大象以及一路上的种种花销，我的案犯已经挥霍掉5000多英镑了。不过，反正银行有的是钱！"

主意一定，他立即上了"格兰特将军号"。当福格先生和爱乌达夫人上船时，他已经在船上了。令他目瞪口呆、茫然不知所措的是，他认出了"万事达"。他立即躲进自己的舱房，免得说不清楚，把事情全弄砸了。但有一天，因为旅客很多，他原以为不会被自己的对头发现，可偏偏"万事达"在船头甲板上与他打了个照面。

"万事达"二话没说，扑上去掐住菲克斯的脖子。有一些美国乘客一看就赌他胜出，可高兴啦！只见"万事达"把倒霉的警探一顿暴揍，足见法国拳击胜过英国拳击一筹。

"万事达"打完之后，出了气，平静了一些。菲克斯已被打得不成个模样了。他从地上爬起来，看着自己的对手，冷冷地说：

"打完啦？"

"是呀，暂时打完了。"

"那么过来跟我说说吧。"

"我……"

"为了您主人的利益。"

"万事达"被对方的冷静给镇住了，跟着警探来到船头，两人坐了下来。

"您已经揍了我一顿，"菲克斯说，"很好。现在，您该听我说了。在这之前，我一直给福格先生找麻烦，但现在，我得帮他完成旅行计划。"

"您终于认为他是个正人君子了!""万事达"嚷道。

"不，"菲克斯冷冷地说，"我认为他是个混蛋……嘘! 别动，听我说完。当福格先生在英国势力范围内的时候，我就想法把他拖住，等着逮捕令的到来。为此我竭尽了全力。我唆使孟买的僧侣们去起诉他；我在香港把您弄醉，使您同您主人分开，让他误了去横滨的船……"

"万事达"听着，两只拳头紧紧握着。

"现在，"菲克斯接着说道，"福格先生像是要回英国去，是吧? 好的，我将跟牢他。不过，从今往后，我将像在这之前那么精心设计、积极投入地设置障碍那样来排除他一路上会遇上的麻烦。您都看见了，我的计划变了，之所以变了，是因为这样做对我有利。我还要说一句，您的利害同我的相仿，因为只有到了英国您才会知道您到底是在服侍一个罪犯还是一个正人君子!"

"万事达"非常专心地听菲克斯在说，而且他深信菲克斯是完全真心实意地在说这一番话的。

"我们是朋友了吗?"菲克斯问。

"朋友倒不是，""万事达"回答，"盟友倒是的，而且得视情况而定。一旦您稍有不轨，我就拧断您的脖子。"

"一言为定。"警探平静地说。

11 天之后，12 月 3 日，"格兰特将军号"驶入金门港海湾，抵达旧金山。

福格先生一天也没提前，一天也没拖后。

第二十五章
选举日，旧金山之一瞥

早上 7 点，菲利亚·福格、爱乌达夫人和"万事达"踏上了美洲大陆。实际上他们先踏上的是浮动码头。这是一些随着潮水的涨落而升降的码头，很利于船只的装货卸货。这些浮动码头停满了不同大小的快帆船、不同国籍的蒸汽轮船，以及在萨克拉门托河及其支流上往来行驶的有多层甲板的汽艇。

这些浮动码头上还堆满了各种货物，是发往墨西哥、秘鲁、智利、巴西、欧洲、亚洲以及太平洋各个岛屿的。

"万事达"因终于踏上了美洲土地而欣喜若狂，认为得好好地露上一手，来个鹞子翻身，跳下船去。但是，当他一个筋斗翻到浮动码头上时，差一点儿没踏穿浮动码头已经糟了的木板，掉到水里去。正直的小伙子因这么一个筋斗翻上新大陆而吓得够呛，不禁大叫一声，惊飞了一大群浮动码头的常客——鸬鹚和鹈鹕。

福格先生一下船便去打听开往纽约的下一趟火车几点发车，得知是晚上 6 点。因此，福格先生在加利福尼亚州首府有一整天的空余时间。他花了 3 美元为爱乌达夫人和他自己叫了一辆马车。"万事达"爬到马车头前的座位上。马车立即向国际饭店奔驰而去。

"万事达"坐在高处，好奇地观赏着这座美国大都市：街道宽阔，房屋低矮而整齐有序，一座座盎格鲁—撒克逊的哥特式教堂和神殿，巨大的船坞，木结构和砖结构如宫殿般的大仓库。大街上，车水马龙，有公共马车和"有轨电车"，人行道上人来人往，不仅有美国人和欧洲人，也有中国人和印第安人。总之，是他们组成了该城的 20 万居民。

"万事达"对所见到的一切都感到挺惊奇。在 1849 年时，这里还是个传奇式城市，是强盗、纵火犯和杀人犯跑来淘金之地，是所有人渣麇集之所。这些人一手拿枪一手握刀地用金沙赌博。但是，这"美好时光"已经一去不复返了。今天的旧金山，一派大商城的气势。市政厅塔楼高耸，哨兵警戒，俯视着全城的大街小巷。城市街道笔直整齐，街心公园绿草茵茵。前面突然出现一条唐人街，宛如从中华古国用玩具箱装运而来。城里已不再看得见头戴阔边毡帽的西班牙人，再也看不见淘金者时髦的红衬衫了，再也看不见头上插着羽毛的印第安人了。眼前所见的是许许多多头戴丝织帽、身穿黑礼服的绅士，在为追名逐利而奔忙着。有一些街道，譬如蒙哥马利街，如同伦敦的摄政王街、巴黎的意大利大道、纽约的百老汇一样，两旁尽是豪华商厦，货架上世界各地的产品琳琅满目。

"万事达"到了国际饭店，觉得恍若仍身在英国。

饭店楼下是一间很大的"酒吧"，类似敞开的食橱，顾客可免费享用食品。肉干、牡蛎汤、饼干和奶酪应有尽有，顾客可随意选取，无须付钱。顾客如果有意喝点饮料，只需付饮料钱即可。饮料有英国淡色啤酒、波尔图红葡萄酒、赫雷斯白葡萄酒等。"万事达"觉得这种方式"很有美国味儿"。

国际饭店的餐厅很舒适。福格先生和爱乌达夫人在一张餐桌前坐下，由一些长得很俊秀的黑人服侍着，一小盘一小盘的菜肴，极其丰盛。

饭后，菲利亚·福格由爱乌达夫人陪伴着离开国际饭店，前往英国领事馆，办理签证手续。在人行道上，他见到了自己的仆人。"万事达"问主人，上火车之前，为谨慎起见，是否多买几把恩菲尔德卡宾枪或科尔特手枪。"万事达"听说有西乌人①和波尼人②劫火车，就像西班牙小偷似的轻而易举。福格先生回答他说，这种担心毫无必要，不过，他还是让"万事达"自己看着办。说完，他便向领事馆走去。

菲利亚·福格没走上两百步，便"极其偶然地"遇上了菲克斯。警探显得颇为惊诧。怎么！福格先生和他一起横渡了太平洋，竟然在船上没有见过面！不管怎么说，菲克斯欠这位绅士不少的人情，所以能与他重逢倍感荣幸，而他又有事要回欧洲，能有绅士这么一位好旅伴同行，他将高兴万分。

福格先生回答说，他也感到很荣幸。菲克斯决定寸步不离福格先生左右，便请求后者允许他陪他一起参观旧金山这座奇异的城市。福格先生欣然允诺。

因此，爱乌达夫人、菲利亚·福格和菲克斯便逛起街来。不一会儿，他们便来到了蒙哥马利街。街上人流如潮。人行道上、马路当中、有轨电车道上，尽管车来车往，但行人仍熙来攘往，就连店

---

① 北美印第安人，包括7个部落，原居住在大湖区，17世纪起，移居西部平原。

② 北美印第安人，法国人称他们为"帕尼人"，生性好斗，特别仇恨西班牙人。

铺门口、家家户户的窗前，甚至于屋顶上，都是数不清的人。人群中有背着广告牌的人串来串去，各色小旗迎风招展，四面八方喧嚣之声不绝于耳。

"选卡迈菲尔德!"

"选曼迪波伊!"

这是在举行群众集会。至少菲克斯是这么想的，他还把自己的想法告诉福格先生，并且补充说道：

"先生，我们也许还是别掺和到这乱七八糟的人中去的好。否则，少不了挨拳头。"

"的确如此，"菲利亚·福格回答，"搞政治的动起拳头来，不比普通人动拳头轻!"

菲克斯认为听了福格先生这么说，应该报之以微笑。为了光看一看而不卷入这场激烈争吵，爱乌达夫人、菲利亚·福格和菲克斯爬到一个台阶的最上面坐下来。这个台阶通到一处平台，可以俯瞰蒙哥马利大街。在他们前面，街道的另一边，一家煤炭商的码头和一家石油商店之间，有一个露天大讲台，四面八方的人流好像都在往那儿拥去。

现在为什么开这么个大会？是纪念什么的呀？菲利亚·福格一点儿也弄不明白。是不是要任命一名武将或文官？是不是要选一名州长或国会议员？看看全城沸腾激动的场面，必然叫人做如是猜测。

此刻，人群一阵巨大骚动。所有的手臂都举起来了。有些人紧攥着拳头，好像举起来，要在呼喊声中猛力砸下去。其实，这有力的举动无疑是要投某人一票。人流不停地拥来，骚动不断。无数的旗帜在挥动，忽而不见了，忽而又成了碎片出现。人流如波浪般一直拥到台阶前。人头攒动，像遭到暴风雨突然袭击的海面一般。无数的黑礼帽一眼望不到边，绝大部分已经看不出其高帽檐来了。

"这显然是一个群众集会，"菲克斯说，"所讨论的问题一定是激动人心的。要还是因为'亚拉巴马号'事件的话，我一点儿也不觉得惊奇，尽管这一事件已经解决了。"

"也许是的。"福格先生简单地回答说。

"不管怎么说，"菲克斯又说，"是尊贵的卡迈菲尔德和尊贵的曼迪波伊在对垒。"

爱乌达夫人挽着菲利亚·福格的胳膊，惊讶不已地看着这混乱的场面。菲克斯正要向身旁的一个人打听这么群情激愤到底是什么缘故的时候，突然，人群骚动得更加厉害了。欢呼声夹杂着咒骂声愈加高涨，小旗杆全都成了进攻的武器。人们不再光举手了，全都变成紧握拳头。停驶的车辆顶上、动弹不了的公共马车里，人们扭打成了一片，见什么拿什么投掷，靴子、鞋子像子弹似的在空中呼啸，甚至好像有一些枪声夹杂在人群的怒骂声中。

混乱的人群已经靠近台阶，并且拥上了头几级。敌对双方有一方已经明显地被逼退，但是一般的旁观者却难以分清优势是在曼迪波伊一边还是在卡迈菲尔德一边。

"我看我们还是走的好，"菲克斯说，他不希望他的案犯遭到袭击或者出什么事情，"如果这一切全是因为英国问题，而且我们又被认出是英国人来，那我们可就麻烦大啦！"

"一个英国公民……"菲利亚·福格回答说。

但是，绅士没能把话说完。在他身后，从台阶上方的那个平台，发出震耳欲聋的吼叫。人们在呼喊："嗨！嗨！选曼迪波伊！"这是一群选民，赶来救援的，从侧翼向卡迈菲尔德的支持者发起了攻击。

福格先生、爱乌达夫人和菲克斯置身两派之间，想溜为时已晚。这股人潮，个个手握灌铅手杖或大棍棒，简直是锐不可当。菲利亚·福格和菲克斯护着年轻女子，被挤来撞去，站立不稳。福格先生同平时一样地镇静自若，想用大自然赋予任何一个英国人的天然武器——双手——进行自卫，但毫无用处。一个大块头的小伙子，下巴上长着红胡须，红脸阔肩，看上去像是这伙人的头头，向福格先生举起了他那吓人的拳头。要不是菲克斯忠于职守，挡在前面挨了一拳的话，绅士可能就给揍扁了。警探那被打扁了的丝织礼帽下，立即鼓起了个大包来。

"美国佬！"福格先生向对手投去极其鄙夷的目光说。

"英国佬！"对方针锋相对。

"咱们还会见面的！"

"悉听尊便。您叫什么名字?"

"菲利亚·福格，您呢?"

"斯坦普·W. 普罗克特上校。"

他们刚说完，人群便拥到一边去了。被撞倒的菲克斯爬起来，衣服全撕破了，但身上并没有什么大的伤。他的风衣被撕成了大小不一的两半，裤子也像某些印第安人喜欢穿的那种事先剪去后裆的短裤了。不过，不管怎么说，爱乌达夫人总算逃过了，只有菲克斯挨了一拳。

"谢谢您！"当他们刚一离开人群，福格先生便忙着向警探道谢。

"没什么好谢的，"菲克斯回答，"走吧。"

"去哪儿?"

"找一家服装店。"

的确是该上服装店去一趟了。菲利亚·福格和菲克斯的衣服全都成破片了，好像他俩是支持尊贵的卡迈菲尔德和曼迪波伊而互相厮打了一番似的。

一小时后，他们穿戴整齐，回到了国际饭店。

"万事达"在饭店里拿着 6 支带匕首的六响手枪，正等着自己的主人。当他看见菲克斯跟着福格先生一起进来，马上眉头蹙起。不过，经爱乌达夫人简单几句叙述了事情经过之后，"万事达"放下心来。很明显，菲克斯已不再是敌人，而是盟友了。他信守了诺言。

吃完晚饭，一辆双门马车被雇了来，将把福格先生一行及其行李物品送到火车站。正要上车的时候，福格先生问菲克斯：

"您没有再看见那个普罗克特上校吧？"

"没有。"菲克斯回答。

"我将回美洲来找他，"菲利亚·福格冷冷地说，"一个英国公民受人这样侮辱，是可忍孰不可忍。"

警探笑而未答。不过，不难看出，英国人如果在自己国内不容许决斗的话，那么，在国外则会为了荣誉而进行决斗的。福格先生就是这种英国人。

6 点差 1 刻，福格先生一行来到火车站，找到了正要开行的那列火车。

当福格先生正要上车时，他看见一名铁路员工，便走上前去。

"朋友，"他问那人，"今天在旧金山是不是出了什么乱子？"

"那是群众集会，先生。"铁路员工回答道。

"可是，我觉得好像大街上闹得挺厉害。"

"那只不过是为选举而组织的一次群众大会。"

"那一定是选举一个总司令喽？"福格先生问。

"不，先生，是选举一名治安法官。"

听了这个回答，菲利亚·福格便上了火车。火车开足马力奔驰而去。

第二十六章
他们乘坐太平洋铁路公司的快车

"连接两大洋"——美国人如是说，这句话一般是指从东到西横贯美国的"大干线"。但是，实际上，"太平洋铁路"分属两个公司：旧金山到奥格登的"太平洋中央公司"和奥格登到奥马哈的"太平洋联合公司"。从奥马哈到纽约有五条不同线路，交通繁忙。

因此，纽约和旧金山现在被一条不间断的金属纽带连接了起来，全长不下 3786 英里。在奥马哈和太平洋之间，铁路线穿越仍常有印第安人和野兽出没的地区，这是一片开阔地带，1845 年左右，摩门教徒①被赶出伊利诺伊州之后，便开始侵占了这里。

从前，即使在最顺利的情况下，从纽约到旧金山也要 6 个月的时间，现在 7 天就到了。

———————

① 一称"后期圣徒教会"。美国基督新教的一个教派。1830 年由美国的约翰·史密斯（1805—1844）创立，1844 年，史密斯遭暗杀后一度实行多妻制，后遭反对而废止。流行于美国西部。

那是在 1862 年，尽管南方议员想让这条铁路线更靠南一些而竭力反对，结果还是修筑在北纬 42°和 43°之间。是令人扼腕叹息的已故林肯总统亲自选定内布拉斯加州的奥马哈城为新铁路线的起点。工程立即开工，美国人既无文牍主义，又无官僚主义，以其实干精神奋战着。工人们进度很快，而且又保质保量。在草原上，每天的进度高达 1.5 英里。机车在头一天铺设的铁轨上运来第二天所需的铁轨，就这样沿着铺好的路轨不停地向前修筑着。

太平洋铁路公司在沿线附设了好多条支线，穿过爱荷华州、堪萨斯州、科罗拉多州和俄勒冈州。铁路线从奥马哈开始，沿着普拉特河左岸，直到这条河北部支流的河口，再顺着这条河南部支流延伸，穿过拉勒米地区和瓦萨什山脉，绕过大盐湖，到达摩门教徒的首府盐湖城，再进入图伊拉山谷，沿着美洲大荒漠，再穿越赛达尔山和汉波尔山，跨越汉波尔河和锡艾拉—内华达河，向南经萨克拉门托，直抵太平洋。铁路全线坡度很小，即使在穿越洛矶山脉时，每英里的坡度也不超过 112 英尺。

这就是火车用 7 天时间跑完的那条大动脉。它将让尊贵的菲利亚·福格——至少他是这么希望的——11 日在纽约搭乘开往利物浦的轮船。

菲利亚·福格坐的车厢是一种由两节各有 4 个车轮的车厢连接成的加长车厢。这种车厢可以使列车在弯度小的弯道上顺利行驶。车厢内设有坐席间，只有两排硬座，分列两旁，中间是一条过道，通向洗漱间什么的，这是每节车厢都备有的设备。整列火车各车厢之间由车厢外面带栅栏的步行通道相连接，旅客可以从车头走到车尾。车上还设有沙龙车、眺望车、餐车、咖啡车，只是没有剧场车，不过，总有一天会有的。

步行通道上，卖书画报纸、饮料食品、香烟雪茄的小贩，川流不息，生意兴隆。

晚上 6 点，旅客们乘车从奥克兰站出发。天已经黑下来了，寒夜深沉，天上彤云密布，看样子要下雪了。列车开得不算快。包括停站时间，时速不超过 20 英里。不过，照这种速度，它可以在规定时间内横穿美国大陆。

车厢里，人们很少聊天。再说，大家很快也就困乏了。"万事达"坐在警探身边，但并不同他聊天。自从最后闹了那一场之后，他俩的关系已明显的疏远了，友好、亲密已不复存在。菲克斯的态度倒是一点儿也没变，"万事达"则相反，极其警惕，只要往日的这位朋友稍有不轨，就准备立即掐死他。

开车后一小时，雪下起来了。很幸运，雪花不大，并不妨碍列车的运行速度。透过车窗，只见白茫茫一片。火车头的烟雾，呈螺旋状喷出，在这雪野上，显得灰蒙蒙的。

8 点钟，一个侍者走进车厢，通知旅客睡觉的时间到了。原来这种车厢也是一节"卧铺车"，不一会儿，座席便改成了卧铺。座席的靠背放平，便巧妙地变成了卧铺，同时也临时分隔成了一个个的小卧铺间，每位旅客都有了一张舒适的铺位，厚厚的帘子拉起来，互相偷看不着。床单雪白，枕头松软，躺下之后，就能舒舒服服地睡上一觉了。每个旅客都躺下了，就像是睡在轮船的一间舒服的舱房里一样。这时候，火车正飞速地奔驰在加利福尼亚州大地上。

从旧金山到萨克拉门托之间的这段路途，地势比较平坦。这一段名为"太平洋中央铁路"的路段，以萨克拉门托为起点，向东行驶，与从奥马哈方向开来的列车相交错。从旧金山到加利福尼亚州首府，列车沿着流入圣巴勃罗湾的美洲河直奔东北方。连着这两座大城市的这段铁路长 120 英里，6 个小时跑完。将近午夜时分，旅客们初入梦乡，火车已过了萨克拉门托。他们根本就没有看到这座城市——加利福尼亚州立法会议的所在地,没有看到这座城市的漂亮车站、码头、宽阔的街道,也没有看到它的豪华大旅馆、街心公园和教堂神殿。

出了萨克拉门托,火车在经过容克雄、罗克林、奥布恩和柯尔法克斯之后,驶入锡艾拉—内华达山地。早上 7 点钟,火车过了西斯科站。一小时过后,卧铺撤去,恢复了座席。旅客们透过车窗,可以观赏这山地的秀丽景色。铁路是顺着锡艾拉山势的起伏铺设的,忽而贴着山腰,忽而飞越悬崖,为了避免急转弯,有时必须钻进狭窄山谷,令人大有进得去出不来的感觉。火车头宛如一只圣人遗骸盒般闪闪发亮,车头的探照灯发出浅黄色的光亮,还装备着一只银色的警钟和一只像马刺似的"驱牛器"。火车头汽笛长鸣,轰隆驶过,与山涧飞瀑和鸣。车头喷出的浓烟在黑黝黝的冷杉林中缭绕盘旋。

沿途几乎没有隧道,也没有桥梁。铁路盘山绕梁,顺着山势,并没有寻求直路或捷径。

9 点钟光景,火车通过卡尔松山谷,进入内华达州,始终是在向着东北方向行驶。12 点,火车驶离雷诺站,旅客们在此曾有 20 分钟的停车时间,吃了午饭。

从这儿起,火车便沿着汉波尔河向北行驶了几英里,然后折向东去,直到过了汉波尔山之后才离开这条河川。这座山几乎位于内华达州的东部边缘,是汉波尔河的发源地。

吃过午饭之后,福格先生、爱乌达夫人及其两个同伴又回到车厢就座。菲利亚·福格、爱乌达夫人、菲克斯和"万事达"舒适地坐着,欣赏着从眼前掠过的千姿百态的美景:广袤的大草原、远方的起伏山峦、浪花翻滚的溪流。有时候,可以看见一大群野牛聚集在远方,宛如一道活动的长堤。这一支支反刍动物的大军常常组成一道难以逾越的障碍，阻挡着列车的通行。有人见过成千上万的野牛密密麻麻地拥挤着穿越铁道，一过就是好几个小时，火车不得不停下来，等着它们过完了才能通行。

这一天正好就碰上了这种情况。下午3点光景，足有一万头野牛挡住了列车前方的铁道。列车减慢了速度，想用驱牛器冲撞这"大队人马"，但未能奏效，只好在这无法攻入的牛群前停了下来。

只见被美国人误认为是水牛的这些反刍动物不慌不忙地穿过铁道，有时还发出惊天动地的哞哞叫声。它们比欧洲的公牛体大，但四肢和尾巴要短，鬐甲突出，形成一个肉峰，双角分岔下弯，头部、脖子和肩头长满了长毛。它们通过时，甭想阻挡它们。当野牛群向着一个方向行进时，什么也无法阻挡或改变它们的前进方向。这是一条活生生的肉的巨流，任何堤坝都阻挡不了。

旅客们全都跑到步行通道上去观赏这奇异的场面。但是，本应是旅客中最着急赶路的菲利亚·福格却待在自己的座位上，以哲学家的风度静待野牛群什么时候高兴让开道来。"万事达"对这群畜生挡住去路，延宕了时刻，十分愤怒。他真想把枪掏出来，向它们射击。

"什么鬼地方！"他嚷叫道，"一群普普通通的牛就把火车给挡住开不了了！而且不紧不慢地结队而行，好像不妨碍交通似的！真见鬼！我真想知道福格先生是否把这次延误预先列入计划了！那个该死的司机，竟然不敢开车冲开挡道的牛群！"

司机根本就没打算硬闯障碍，他谨小慎微是对的，要不然，车头的驱牛器势必要把迎面的几头牛撞死，但是，火车头力量再大，也不得不立即给挡住开不了，不可避免地要造成出轨，那可就惨透了。

因此，最好的方法莫过于耐心等待，宁可过后加快车速，把失去的时间赶回来。野牛的队伍足足过了 3 个小时。到夜幕降临时，道路才恢复畅通。当牛群的最后几排通过铁道时，其先头部队已经隐没在南边地平线上了。

当火车穿越过汉波尔山脉山隘的时候，已是晚上 8 点钟了。9 点 30 分，火车驶入犹他州，进入大盐湖地区，进入摩门教徒的奇异国土。

第二十七章
"万事达"坐在时速 20 英里的火车上，聆听有关摩门教的讲座

12 月 5 日夜晚，火车在方圆大约 50 英里的地面上向东南方向疾驶。然后，又折向东北方向，朝大盐湖靠近。

6 日上午 9 点钟，"万事达"走到步行通道上透透空气。天气很冷，天空灰蒙蒙的，但是，雪已经停了。圆圆的太阳在雾气中显得特别的大，活脱一个巨大的金币。"万事达"正一心一意地在计算这个巨大的金币能折合多少个先令时，突然有一个怪模怪样的人出现了，扰乱了他的这项益智劳动。

此人是在埃尔科上的车。他身材高大，褐色头发，黑胡子，黑袜子，黑丝织礼帽，黑坎肩，黑裤子，白领带，狗皮手套。看样子像是个神甫。他从车头走到车尾，在每节车厢门口，都要用小面团贴上一张手写的告示。

"万事达"走上前去，看到一张告示上写着：摩门传教士、尊敬

的威廉·希契长老，趁乘坐48次列车之际，做一次有关摩门教的讲座，时间是11点到12点，地点在第117号车厢，欢迎有意了解"后期圣徒教会"之神秘的所有先生大驾光临。

"没问题，我一定去！""万事达"暗自说道。他除了知道摩门教以"多妻制"习俗为基础而外，对该教不甚了了。

消息很快便在车上的100来个旅客中间传开来了。其中顶多只有30名旅客为讲座所吸引，11点钟时，他们坐了第117号车厢的长椅上。"万事达"坐在第一排的忠实听众中间。他的主人和菲克斯都认为没有必要移尊就教。

时间到了。威廉·希契长老站起身来，声音颇为激动地嚷道，仿佛有人事先顶撞过他似的：

"我告诉你们说吧，乔·史密斯是个殉道者，他的兄弟海拉姆也是个殉道者，美利坚合众国政府对先知圣徒们的迫害也将使小布里格姆成为殉道者！谁敢说不是的？"

没人胆敢顶撞这位传教士。他慈眉善目，但是因激愤而形成强烈反差。不过，他之所以如此气愤，想必是摩门教如今正受到严峻的考验。而美国政府确实颇为费劲乏力地刚刚把这些独立的狂热信徒给压服住。政府在指控小布里格姆犯有暴乱罪和重婚罪，将他投进监狱之后，控制住了犹他州，随之又将犹他州纳入合众国的法律管辖之下。自此之后，先知小布里格姆的信徒们便使出浑身解数，在等待法律条文下达的同时，四处演讲，反对国会以势压人。

大家都看到了，威廉·希契长老都跑到列车上来大肆鼓动，劝人入教了。

于是，他用响亮的声音、有力的手势，激动人心地阐释从圣教时代起的摩门教教史。他叙述道，在以色列，约瑟部落的一位摩门教先知是如何把这新教的编年史公之于众的；又是如何把这部编年史传给了他的儿子摩门的；经过许多个世纪之后，这部宝书又是如何由小约瑟·史密斯——佛蒙特州的一个报税人，1825 年人们才得知他是个神秘的先知——翻译成埃及文的；最后，小约瑟·史密斯又是如何在一座金光四射的森林里遇见了一位天使，天使又如何把真主的编年史交给了他的。

这时候，有些听众对传教士追溯历史不感兴趣，离开了这节车厢，但威廉·希契仍在继续讲述着小史密斯是如何联合起他的父亲、两个兄弟和几个信徒，创建了这个"后期圣徒教会"的。该教会不仅在美国有教徒，而且在英国、在斯堪的纳维亚、在德国，也都有信徒。教徒中有手工业者，也有许多自由职业者。接着，他又叙述道，在俄亥俄州如何建立了地盘，又如何用 20 万美元修建了一座教堂，并在柯克兰建了一座城市的；史密斯又是如何成了一个大胆的银行家，并且还从一个普通的木乃伊展馆看守那儿得到一本亚伯拉罕和其他有名的埃及先哲手写的莎草纸文稿的。

他讲得有点儿冗长，听众席上又走了不少，只剩下 20 来人了。

但是，长老不管人走不走，照样不厌其烦地在讲着：约瑟·史密斯在 1837 年是如何破产的；被他毁了的股东们如何在他身上涂满沥青，让他在羽毛上打滚的；几年之后，他又如何重整旗鼓，比从前更有名望，更受尊崇的，而且，在密苏里州创立独立教派，成了这个生机勃勃的团体的领袖，信徒不下 3000 名，但因异教徒的仇恨，而被追逐，最后只得逃到偏远的美国西部来。

这时还剩下 10 个听众了，其中就有正直的"万事达"，他在全神贯注地聆听着。就这样，他知道了史密斯在受到长期迫害之后，又如何在伊利诺伊州重新露面，并于 1839 年在密西西比河沿岸创建了诺沃拉贝尔城，市民多达 2.5 万人；史密斯又如何成了该市市长、最高法官和总司令的；1843 年，他又如何竞选美国总统，最后又如何在迦太基落入圈套，被投进监狱，被一伙蒙面人杀害的。

此时，只剩下"万事达"一个人在这节车厢里听讲了。长老凝视着他，用言语开导他，告诉他说，史密斯遇害两年之后，他的继承人、受感召的先知小布里格姆离开了诺沃拉贝尔城，来到盐湖边上安顿下来，并在这块神奇的土地上，在这片富饶的沃土上，在穿越犹他州前往加利福尼亚州的移民必经之路上，多亏了摩门教的多妻制道德准则，大大地发展壮大起来。

"这就是，"威廉·希契补充说道，"这就是为什么国会要嫉妒我们！为什么合众国的士兵要践踏犹他州的土地！为什么他们不顾正义，要把我们的领袖先知小布里格姆投进监狱！我们会向武力屈服吗？绝不！我们被赶出佛蒙特，被赶出伊利诺伊，被赶出俄亥俄，被赶出密苏里，被赶出犹他，可我们还将会寻找到某个独立的地方支起我们的帐篷……您，我忠实的兄弟，"长老怒目圆睁地盯着他唯一的听众又说，"您将在我们的旗帜下支起您的帐篷吗？"

"不！""万事达"勇敢地回答完后也跑掉了，把神秘的长老一个人留在这节空荡荡的车厢里。

在举行讲座的这段时间里，火车在飞速行驶着，中午12点30分左右，已经抵达大盐湖的西北端了。这里，视野开阔，可以一览这个内陆湖——也被称作死海——的全貌，有一条美洲的约旦河流入其中。这是一个美丽的湖泊，周围是一些奇形怪状的美丽岩石，岩礁底部阔大，上面覆盖着一层雪白的海盐。从前，平静如镜的湖水辽阔无边，但是，随着岁月的流逝，沿岸陆地逐渐伸展，使得湖面日见缩小，而湖水却越来越深。

盐湖长约70英里，宽35英里，海拔3800英尺。它与又名阿斯伐尔梯特的死海大不相同，死海低于海平面1200英尺。盐湖的水含盐度很高，固体盐质占湖水总重量的1/4。所以，鱼是无法在其中生活的。随着约旦河、韦伯河以及其他河流流进盐湖的鱼类，很快便会死去。但是，如果说盐湖湖水的密度大到人沉不下去，那也是以讹传讹。

盐湖四周，田野都是精耕细作的，因为摩门教徒们很擅长地里的活儿。要是6个月之后来这儿的话，看到的将是：牛羊成群的牧场和牲畜栏、麦田、玉米地、高粱地、绿油油的草地，到处是野蔷薇树篱、一丛丛的金合欢树和大戟树。但是，眼下，大地隐没在一层薄薄的白雪下，宛如撒了薄薄的一层白粉。

午后2点，旅客们在奥格登站下了车。火车要到6点才开。因此，福格先生、爱乌达夫人及其两个同伴有时间顺着从奥格登车站分岔的一条小支线前往圣城。参观一下这个完全美国化的城市两小时就够了。该城同美国的所有城市如出一辙，宛如一个大棋盘，街道笔直修长，用维克多·雨果的话来说，都是"忧郁悲凉的直角"。这座圣城的创建者摆脱不掉盎格鲁—撒克逊人喜欢对称的特点。在这个奇特的国度，文化方面显然大为逊色，一切都是"方方正正的"，无论是城市、房屋还是其他杂七杂八的事。都是如此。

3点钟，福格先生一行四人来到城里，在大街上漫步。该城建在约旦河河岸和地势起伏的瓦萨契山峦之间。他们几乎没有见到什么教堂，不过，先知祠、法院和兵工厂还算是挺大的建筑物。再就是一些带有封闭游廊和回廊的青砖瓦房，房前屋后、屋左屋右带有花园，园中长有金合欢树、棕榈树和角豆树。城市周围围着一道1852年用黏土和石块建起的城墙。城市的那条主要街道上，设有市场，还有几家挂着旗帜的旅馆，其中有著名的盐湖旅馆。

福格先生一行发现城中人并不多，街上几乎没有什么人。不过，当他们穿过好几个栅栏围起来的街区之后，来到摩门教堂所在地区时，发现不少的人，其中妇女挺多，这清楚地说明了摩门教徒家庭一夫多妻的组合特点。但也别因此就以为，所有的摩门教徒都有几个妻子，在这一点上还是自由的。不过，有必要指出，犹他州的女公民特别愿意嫁人，因为，根据当地教规，摩门教神明绝不赐福给独身女子。这些可怜的女人好像生活并不富裕，也不幸福。其中有几个想必是有钱人家的女人，穿着腰部敞开的黑丝绸紧身上衣，头戴极其朴素的风帽或头巾。其他的妇女全都是印第安人的装束。

作为誓做独身小伙子的"万事达"，看见这些摩门教信女竟然好几个人去伺候一个男人，不免有点儿惊骇之感。按他的道理，他觉得做丈夫的特别可怜。他觉得，一个男人要领着这么多妻子艰难度日，将来还得领着她们成群结队地走进摩门教的天堂，跟她们永远地生活在天堂里，与光荣的史密斯在一起，因为史密斯是这个极乐世界的荣耀。"万事达"可没有这个志向，他觉得——也许他弄错了——大盐湖城的女公民们向他投来的目光有点儿令他不安。

很幸运，他在这座圣城停留的时间并不长。4点差几分时，他们一行回到了火车站，坐到了车厢里自己的座位上了。

汽笛响了。但是，当火车头的车轮在铁轨上滑动，正待加速时，突然听见有人在喊：

"停一下！停一下！"

行驶的火车是不能随便停的。这么叫喊的先生显然是个误了车的摩门教徒，他跑得气喘吁吁的。他还算是走运，车站既无门也没有栅栏。于是，他冲上铁道，跳到最后一节车厢的踏板上，跌坐在车厢的一张长椅上，连气都喘不上来了。

"万事达"很激动地看过了这番冲跳翻腾表演，走上前去看看这个误车的人。当他得知这个犹他州的公民是因为家庭矛盾而逃跑时，对此人便非常地关心起来。

当这个摩门教徒缓过劲儿来的时候，"万事达"便彬彬有礼地大着胆子问他，他一个人有几房老婆。看他刚才那种惊慌逃跑的架势，"万事达"估摸着他至少有二十来个老婆。

"一个，先生！"摩门教徒双臂高高举起来说，"就一个，这就够我受的了！"

第二十八章
没人愿意听"万事达"讲的一番道理

火车驶离大盐湖和奥格登站，向北行驶了一小时，自离开旧金山以来，已经跑了900英里，现在到了韦伯河。从这儿起，它将向东驶去，穿越瓦萨契起伏的山峦。美国的工程师们就是在这些山峦和洛矶山脉之间的这片地区遇上了严重的困难。因此，在这一路段，合众国政府的工程补助金增加到一英里4.8万美元，而在平原地区只有1.6万美元。但是，正如我们已经说过的，工程师们并没有硬是穿山凿洞，而是巧妙地利用地形，避开困难，把铁路铺向平川。在整个这段路上，只开凿了一条长1.4万英尺的隧道。

至此，这段路在盐湖地区达到了它的最高标高点。从这儿开始，铁路形成一个很长的弯道，往下伸至比特尔河谷，然后再上行到与大西洋和太平洋等距离的大陆中心分界线。在这片山区，江河为数不少。火车必须从莫迪河、勒格林河以及其他河流上架设的铁路桥通过。随着列车逐渐驶近终点，"万事达"心里就越发地焦急。而菲克斯则恨不得已经走出了这片艰难的地区。他担心延误，害怕出岔，比菲利亚·福格本人还要急着赶紧踏上英国本土！

晚上 10 点钟，火车到了布里吉尔堡，几乎刚一停就又开走了。前行 20 英里，便进入怀俄明州——原达科他州——地界，沿着整个比特尔河谷行进。科罗拉多的水力发电系统是依靠这条河的部分河水建设的。

第二天，12 月 7 日，在格林河车站停车 15 分钟。头天夜里下了挺大的雪，但因为是雨夹雪，所以已化了一半，不影响列车运行。然而，这种坏天气不禁使"万事达"感到焦虑，因为车轮沾上积雪，肯定会影响行驶速度。

"真弄不懂，"他在纳闷儿，"我的主人怎么偏偏要在冬天旅行！怎么就不能等到春暖花开，那岂不更有把握吗？"

不过，此时此刻，正直的小伙子只是担心天气状况和气温的下降。而爱乌达夫人则在担惊受怕，却是在为另一件事情。

原来是有几个旅客走下火车，在格林河车站站台上散步，等着开车。而年轻女子透过车窗认出了其中有斯坦普·W. 普罗克特，就是在旧金山群众大会上对菲利亚·福格极其野蛮的那个美国人。爱乌达夫人不愿被他看见，便把身子往后靠，离开车窗。

这一意外情况令年轻女子深感不安。她对菲利亚·福格已十分依恋。菲利亚·福格尽管冷静淡漠，但对她的关怀体贴却与日俱增，她想必并不清楚她的救命恩人在她心中激起的这种感情有多深，而她认为这种感情只不过是一种感激之情，但她并不知道，这其中具有比感激更深的东西。因此，当她认出了福格先生迟早要找他算账的那个野蛮家伙时，她的心一下子揪紧了。很显然，普罗克特上校上这趟车纯属偶然，但反正他是在这趟车上了，所以必须不惜一切代价不让菲利亚·福格发现他的对手。

当火车又开动之后，爱乌达夫人趁福格先生打盹之机，把这一新情况告诉了菲克斯和"万事达"。

"那个普罗克特也在这趟车上！"菲克斯嚷叫道，"喏，夫人，您就放心好了，在他跟先生……福格先生找麻烦之前，我会找他算账的！我觉得，在这件事上，是我受到了最大的侮辱！"

"再说，""万事达"也说，"我会收拾他的，管他什么上校不上校的。"

"菲克斯先生，"爱乌达夫人说，"福格先生是不会让任何人替他出气的。他说过了，他要回美国来找这个侮辱他的人论理的。要是他发现普罗克特上校，我们就无法阻止他俩交手了，那后果就不堪设想。因此，必须让他见不到普罗克特上校。"

"您说得对，夫人，"菲克斯回答说，"他俩一碰上，可能全砸锅了。不管福格先生胜了还是败了，反正时间就会给耽误了，而且……"

"而且，""万事达"接口道，"这将有利于改良俱乐部的那帮先生们。再过4天我们就到纽约了！喏，要是在这4天当中，我的主人不离开他的那节车厢的话，我们就能指望那个该杀的浑蛋美国佬碰不上福格先生！而我们完全有办法阻止他……"

谈话到此中断了，因为福格先生已经醒了，在透过沾上雪花的车窗观望原野。但过了一会儿，"万事达"不让他主人和爱乌达夫人听见，悄悄地对警探说道：

"您真的要替他出气？"

"我将竭尽全力把他活着带回欧洲去！"菲克斯简单地回答说，语气中透出一股不屈不挠的意志。

"万事达"不觉脊背上一阵透凉，但他对主人的信赖并没减弱。

现在，有什么办法把福格先生拖在这间车厢里，免得他和上校照面呢？这可能并不困难，因为福格先生生性不好动，也不爱凑热闹。反正警探认为办法已经有了，因为一会儿过后，他便对菲利亚·福格说：

"先生，咱们就这样坐在火车上，时间过得真是又慢又长。"

"的确，"绅士回答说，"不过，时间还是在过去。"

"在船上的时候，"警探又说，"您习惯打'惠斯特'，对吧？"

"是的，"菲利亚·福格回答道，"可是这儿就困难了。既没牌也没搭档。"

"噢！牌嘛，我们在车上会买到的。美国的火车上什么都卖。至于搭档嘛，要是夫人……"

"当然，先生，"年轻女子急忙回答，"我会玩'惠斯特'。我在英国学校中学过这门课的。"

"我，"菲克斯又说，"我倒是有点儿野心想提高一下牌技。这么说，咱们三人，再空缺一边……"

"悉听尊便，先生。"菲利亚·福格回答说，他非常高兴又能玩他所偏爱的"惠斯特"了——即便是在火车上。

"万事达"被派去找乘务员。他不一会儿就回来了，拿着两副牌、一些筹码和一张铺着台布的小桌子。他们开始玩牌了。爱乌达夫人打得挺不错的，甚至还得到严肃的菲利亚·福格的几句夸奖。至于警探，简直就是一流的好手，足以与绅士对阵。

"现在，""万事达"心想，"我们算是把他拖住了。他不会出车厢了！"

上午 11 点，火车抵达两大洋间等距离分界线，也就是布里吉尔关，海拔 7524 英尺，是火车穿越洛矶山脉这个路段上最高点之一。再行驶约摸 200 英里之后，火车才能最终抵达一直延伸至大西洋的那大片平原。在这片平原上修筑铁路是相当方便的。

在大西洋盆地的坡地上，已经流淌着一些河流，都是北普拉特河的分支小河。整个北方和东方的地平线都被洛矶山脉北部群山形成的半圆形的巨大屏障遮挡着。群山中的最高峰是拉拉米峰。在这片半圆形的群山和铁路线之间，是一片河流纵横其间的大平原。铁路右边，是群山的头几道山坡。群山余脉往南延伸到密苏里河的重要支流之一阿肯色河的源头。

12 点 30 分，旅客们隐约看见俯瞰着这片地区的哈勒克堡一闪而过。再有几个小时，火车就将穿越完洛矶山脉了。大家因此可以指望火车穿过这个艰难地区不会再有什么意外情况了。雪已经停了，天气干冷，一些大的飞禽被火车头吓得往远方飞逃，平原上未见一只熊或狼什么的。这儿只是一片漫无边际的光秃秃的旷野。

就在自己的车厢里吃了一顿挺舒服的午餐之后，福格先生及其同伴们刚刚接下去玩他们那打不完的"惠斯特"，突然，一阵尖厉的哨声传来。火车停住了。

"万事达"把头探出窗外，没看出是什么原因使火车停了下来。前后并无车站。

爱乌达夫人和菲克斯倒是稍感不安，生怕福格先生想下车去看看。但是，绅士只是对自己的仆人说了句：

"去看看是怎么回事？"

"万事达"跳下车去。有四十来个旅客已经先下来了，其中就有斯坦普·W. 普罗克特上校。

火车停在一个禁止通行的红色信号灯前。火车司机和车长已经下了车，正同一个巡道工挺激烈地争论着。这个巡道工是下一站——梅迪西河湾站——站长派来截住这趟车的。一些旅客也走上前去，参加了争论，其中就有那个普罗克特上校。他说话时嗓门很大，手势像是在发号施令似的。

"万事达"也凑上前去，只听见那个巡道工在说：

"不行，没法过去！梅迪西河湾上的桥已经摇摇欲坠了，经不起火车重压的。"

他所说的这座桥是一座吊桥，飞架在一条激流上，离列车停下的地方只有一英里。据巡道工说，这座桥眼看要塌，好几根钢索都断了，绝不能冒险硬闯。巡道工在说不能通过的时候一点儿也没夸大其词。再说，照美国人平时那漫不经心的样子，可以说，连他们都说得小心谨慎，那只有疯子才敢大胆妄为。

"万事达"不敢去禀报主人，只是紧咬牙关，像一尊塑像似的一动不动地在听人说着。

"哼！"普罗克特上校嚷道，"我想，咱们总不能在这雪地里扎下根去吧！"

"上校，"车长回答说，"我们已经发电报给奥马哈车站，让他们派一列车来，不过，6个小时之内这车是不可能到梅迪西河湾的。"

"6个小时！""万事达"嚷道。

"当然，"车长回答说，"再说，我们要步行到车站就必须这么长时间。"

"步行！"所有的旅客都嚷了起来。

"那个车站离这儿究竟有多远？"其中的一个旅客在问车长。

"12英里，在河对岸。"

"在雪地里步行12英里！"斯坦普·W.普罗克特嚷道。

上校破口大骂，骂铁路公司，骂车长。"万事达"也怒气冲冲的，也快要跟着上校一起骂开来了。眼前的障碍，自己的主人这一次即使把全部钞票都使上也解决不了问题。

此外，旅客们全都怨声载道，不用说时间给耽误了，就是在这满是白雪的大地上步行10多英里就够受的了。因此，只听见一片叫喊谩骂声。如果菲利亚·福格不是一门心思全放在牌上，他准会被这乱糟糟的声响吸引过去。

不过，"万事达"觉得必须禀报主人，于是，便垂头丧气地向自己的车厢走去。突然，火车司机——他名叫福斯特，一个地地道道的美国佬——提高嗓门大声说道：

"先生们，也许有办法通过。"

"从桥上？"一名旅客问。

"从桥上。"

"坐火车过去？"上校问。

"坐火车过去。"

"万事达"站住了，仔细听着火车司机说的话。

"可是，桥眼看要塌的！"车长说。

"没关系的，"福斯特回答道，"我认为，以最大的速度开着火车冲过去，也许有这么点儿可能能够过去。"

"见鬼！""万事达"说。

可是，有这么一部分旅客被司机的这一提议吸引住了。普罗克特上校对此尤感兴趣。这个脑袋发热的家伙认为这办法可行。他甚至还告诉大家说，工程师们曾经考虑过用全速奔驰的大马力火车从"没桥"的河上飞过去什么的。总之，所有关心这件事的人终于都同意了火车司机的看法。

"我们有50%的可能越过去。"有一个旅客说。

"60%。"另一个说。

"80%！90%！……"

"万事达"吓蒙了，尽管他准备想尽一切办法也要通过梅迪西河湾的，但是，他还是觉得这个办法未免太"美国味"了。

"再说，"他心想，"有一件非常简单的事得做，可这帮人连想都没去想！……"

"先生，"他对一个旅客说，"我觉得司机提的那个办法有点儿冒险，不过……"

"有80%的希望！"那旅客说完便背对着他转过脸去。

"这我知道，""万事达"冲着另一位绅士回答说，"但是，是否可以考虑……"

"没什么可考虑的，没这个必要！"那个听他说话的美国绅士耸耸肩膀说，"因为司机保证说是能越过去！"

"当然，""万事达"又说，"是过得去的，不过，也许谨慎一点儿，应该……"

"什么！谨慎！"普罗克特上校偶然听见这个词，不禁跳了起来，"我跟您说了，全速！您懂不懂？全速！"

"我知道……我懂……""万事达"说，但谁也不让他说完，"不过，我不说'谨慎'，因为这个词让你们觉得刺耳，但至少，更合情合理点儿，应该……"

"这人是谁？他说什么？他说什么合情合理呀？……"大家七嘴八舌地嚷嚷开来。

可怜的小伙子不知道再去跟谁说是好了。

"您是不是害怕了？"普罗克特上校问他。

"我！害怕！""万事达"嚷道，"好，算了！我将让这帮人看看，法国人可以同美国人一样勇敢的！"

"上车啦！上车啦！"车长喊道。

"是的！上车，""万事达"唠叨着，"上车啦！马上上车！但没人能阻止我认为，要是让我们旅客先步行从桥上过去，然后再让火车过去更加合情合理！………"

可是，没人听他这一番明智的考虑，也没有人会承认他言之

有理。

旅客们回到各自的车厢。"万事达"回到座位上，对经过情况未吱一声。玩牌的仁人全都全神贯注地在玩牌。

火车头汽笛长鸣。司机反向进气，把火车向后驶出将近一英里，宛如一个跳远运动员先向后退，再屏足力气向前冲去。

接着，又是一声汽笛响，火车开始向前驶去：它在加速，一会儿便速度快得吓人，光听见火车头的隆隆声响了，活塞每秒跳动高达20次，车轴摩擦得直冒烟。可以说，大家感到整个列车在以每小时100英里的速度奔驰，似乎浮在铁轨上飞。高速飞驰减轻了车体的重量。

说时迟那时快，火车飞驰而过，宛如一道闪电。大家都没看见桥的影子。可以说列车是从河这边飞到河对岸的。司机一直等车冲过车站5英里才得以将它刹住。

不过，火车刚一过河，桥便全毁了，轰隆一声便掉进梅迪西湾的激流中去了。

第二十九章
就数"联合铁路公司"的铁路上事故多

当天晚上，火车一路顺风地向前行驶，越过了索德斯堡，穿过了切埃恩关，到了伊文思关。到了这里，铁路达到全线最高的标高点，亦即海拔 8091 英尺。再往前，将是一路下坡，在一望无垠的这片大自然神功造就的大平原上奔驰，直抵大西洋边。

在这段"大干线"上，有一条支线通向科罗拉多州重镇丹佛。那儿有丰富的金矿和银矿，已有 5 万居民在那儿安家落户。

从旧金山出发，此刻列车已运行了三天三夜，行驶了 1382 英里。按规定，再有四天四夜就可以抵达纽约了。因此，菲利亚·福格现在是在计划规定的时间内。

入夜，火车在瓦尔巴营右首驶过。洛基波尔河与铁道线平行，沿着怀俄明州和科罗拉多州的笔直交界线流淌着。夜晚 11 点，火车驶入内布拉斯加州，从塞奇威克河附近通过，到达位于普拉特河南支流的朱尔斯伯。

1867 年 10 月 23 日，太平洋联合铁路公司就是在这里举行通车典礼的。总工程师是 J. M. 道奇将军。当时，在这儿，驶来了由两个大火车头牵引的 9 节车厢的列车，上面坐满了贵宾，其中包括副总统托马斯·C. 杜兰特先生。欢呼声响彻云霄，西乌人和波尼人表演了一场印第安人的战斗演习，这儿燃放了焰火，最后，还在这儿用手提式印刷机印出了《铁路先锋报》的创刊号。这就是当时庆祝这条大铁路通车典礼的盛况。这条铁路是进步和文明之路，它穿过大漠荒野，把当时尚未建立的城镇连接了起来。火车头的汽笛声音强过昂菲翁①的里拉②，很快便使许许多多的城市在美洲大陆上冒了出来。

早晨 8 点，火车越过了麦克—弗森堡。此堡离奥马哈 350 英里。铁路线沿着普拉特河左岸，顺着其南支流的弯弯曲曲的河岸延伸。9 点钟，火车驶抵建于普拉特河南北两条支流之间的重镇——北普拉特城。南北两条普拉特河支流绕过该城，形成一条巨流，与稍微在奥马哈北面一点儿的密苏里河相汇合。

火车越过经度 101°。

福格先生及其牌友又打起牌来。他们谁也没有抱怨旅途的漫长，包括那个"空缺的一位"。菲克斯一开始还赢了点儿钱，现在正在往外"吐"，但他的玩兴并不比福格先生差。这天早上，福格先生手气特别的好。将牌和大牌③尽往他手上跑。正当他大胆地计算一番之后准备打一个绝牌，决定打黑桃的时候，突然长椅背后有个人说话了：

"要是我，我就打方片……"

---

① 神话中宙斯和安梯娥帕之子，是个诗人兼音乐家，传说他用笛声和里拉琴声建起了泰伯城。

② 里拉是古希腊的一种竖琴。

③ 某些纸牌，特别是桥牌中的高点数牌，即 A、K、Q、J。

福格先生、爱乌达夫人、菲克斯全都抬起头来，一看竟是普罗克特上校。

斯坦普·W.普罗克特和菲利亚·福格立刻认出了对方。

"啊！是您，英国先生！"上校嚷道，"是您想打黑桃呀！"

"我就打黑桃，"菲利亚·福格冷冰冰地说着，打了一张黑桃10。

"哼，我看应该打方片，"上校气哼哼地反驳道，然后又说了一句，"您根本就不会打牌。"

"也许我会打别的。"菲利亚·福格说着便站起身来。

"那您就试试瞧，约翰牛的子孙！"野蛮的上校顶撞道。

爱乌达夫人面色苍白，她紧张得不得了。她抓住菲利亚·福格的胳膊，后者轻轻地把她推开。"万事达"正准备向怒目瞪着福格先生的美国人扑过去。但菲克斯已经站了起来，迎向普罗克特上校说：

"先生，您忘了，您要找的是我，您不仅侮辱了我，而且还打了我！"

"菲克斯先生，"福格先生说，"请您原谅，这事只牵涉我一个人。他说我不该打黑桃，这是对我的又一次侮辱，我得找他理论理论。"

"何时何地，悉听尊便。"美国人回答，"使用什么武器也随您的便！"

爱乌达夫人想拉住福格先生，但无济于事。菲克斯警探想把事情揽过来，也没能如愿。"万事达"本想把上校从车窗里扔出去，但他的主人示意他别动手。菲利亚·福格离开车厢，美国人跟着他来到步行通道。

"先生，"福格先生向他的对手说道，"我非常急于回到欧洲去，稍有延误都会危及我的计划。"

"哼！那跟我有什么相干？"普罗克特上校回答道。

"先生，"福格先生彬彬有礼地接着说，"自从我们在旧金山碰上之后，我便计划着等我赶回旧大陆去的事情办完了，便来美洲找您。"

"真的吗？！"

"您愿不愿意6个月后再相见？"

"干吗不6年后？"

"我说6个月就6个月，"福格先生回答说，"到时候我一定来会您。"

"借机会想溜！"斯坦普·W.普罗克特嚷道，"要么现在，要么别再见了。"

"好吧，"福格先生说，"您是去纽约？"

"不。"

"芝加哥？"

"不。"

"奥马哈？"

"这跟您没关系！您知道普卢姆·克里克吗？"

"不知道。"福格先生回答。

"就是下一站。火车一小时就开到那儿，在那儿停10分钟。10分钟内，我们可以互射几枪了。"

"好吧，"福格先生回答，"我将在普卢姆·克里克站下车。"

"而我甚至认为您将在那儿躺下！"美国人气焰嚣张地补充说。

"那可就难说了，先生！"福格先生说完便回到车厢里，态度与平时一样的冷静。

回到车厢，绅士先安慰了一番爱乌达夫人，跟她说，这种吹牛的家伙根本没什么好怕的。然后，他请菲克斯在马上要进行的决斗中当他的证人。菲克斯无法拒绝。菲利亚·福格又若无其事地玩起中断的牌来，极其冷静地还是打他的黑桃。

11点钟，火车汽笛响了，普卢姆·克里克车站到了。福格先生站起身来，走向步行通道，菲克斯紧随其后。"万事达"带着那支手枪陪着他。爱乌达夫人留在车内，脸色苍白，面无人色。

此刻，另一节车厢的门开了，普罗克特上校也来到步行通道，身后跟着他的证人，一个同他一个德行的美国佬。但是，当两个对手正要下到铁道上去时，车长跑过来冲他们喊道：

"请别下车，先生们！"

"为什么？"上校问。

"车晚点20分钟了，所以这一站不停了。"

"可我要同这位先生决斗呀。"

"很遗憾，"车长回答，"我们立即就要发车。铃声响了！"

铃声确实响了，火车又开动起来。

"我真的很抱歉，先生们，"车长这么说道，"换到其他任何情况，我都会通融一下的。不过，话说回来，既然你们来不及在这里决斗，难道你们就不能在途中决斗吗？"

"这也许对这位先生不太合适！"普罗克特上校不无揶揄地说。

"我觉得非常合适！"菲利亚·福格回答说。

"嗯，我们这是真的到了美国了！""万事达"在想，"这个车长是上流社会的一位绅士！"

他这么想着，便跟着主人去了。

两个对手、两名证人跟在车长后面，穿过一节又一节车厢，来到了最后一节车厢。这节车厢里只有10来位旅客。车长问他们是否愿意给两个为了解决事关荣誉问题的绅士暂时腾一下地方。

好家伙！不过，旅客们非常高兴能为这两位绅士帮点忙，所以都退到步行通道上去了。

这节车厢长 50 来英尺，很适合决斗。两个对手可以在过道上互相对打，想往死里打都行。决斗还从来没有这么好办过。福格先生和普罗克特上校每人各带两把六发手枪，走进了车厢。他俩的证人都在外面，把他俩关在了车厢里。火车汽笛发出第一声鸣响，他们就可以开火……然后，两分钟之后，证人走进车厢，把两个绅士中活着的那位接出来。

实际上，再简单没有的了。甚至简单得让菲克斯和"万事达"感到心都要跳炸了。

大家都在等着约定好的汽笛声响。突然，一阵震天动地的狂呼乱吼声传来，还夹着噼噼啪啪的枪声，但这枪声并不是从两个决斗者的那节车厢里发出来的。恰恰相反，这阵阵枪声是从前头传来的，而且整列火车都有枪声在响。车厢里传来一片惊叫。

普罗克特上校和福格先生手里握着枪，立即走出车厢，向车前头冲过去。那儿枪声喊声响成了一片。

他们明白了，列车遭到一伙西乌人的打劫了。

这些胆大妄为的印第安人并不是头一回袭击火车，他们曾多次打劫过。他们按照自己的习惯做法，不等火车停下来，上百号人便一齐冲上车门踏板。他们攀登火车就如同马戏团小丑纵身跳上奔跑中的马一样身手不凡。

这帮西乌人个个都带着长枪。刚才的枪声就是差不多全带着手枪的旅客们与他们对射时发出来的。一开始，印第安人便向火车头冲去。司机和司炉已被他们用大棍棒打昏过去了。一个西乌人头领想刹住车，但又不会摆弄控制器的操纵杆，不但没把蒸汽阀门关住，反而把它开得大大的，因此，火车像脱缰野马似的，飞驰起来。

与此同时，西乌人已经冲上了各节车厢，一个个全都像是发怒的猴子似的在车厢顶上疯跑，从车窗跳进车内，与旅客们进行肉搏。行李车已被打开，遭到洗劫，行李全都被扔到车下了。喊声和枪声不绝于耳。

此刻，旅客们都在拼命抵抗。有几节车厢已经设置了防御工事，在进行顽抗，宛如一个活动的真正堡垒。火车在以每小时 100 英里的速度飞驰。

从火车遭袭击开始，爱乌达夫人就表现得很勇敢。当有个西乌人向她冲过来时，她握着手枪，从打碎的车窗，进行自卫还击。有二十来个西乌人被打得半死，掉落到车下去，其中有几个是从步行通道上滚落到路轨上的，被车轮像辗虫子似的辗碎了。

有好些旅客，被子弹或大棒击中，伤势严重，躺在车座上。

无论如何得结束这场战斗。它已经持续了 10 分钟了。如果火车不停下来，那只能是便宜西乌人。确实，卡尼堡站离此不到 2 英里，那儿有一个美国兵营，过了这个兵营，在卡尼堡和下一站之间，那西乌人就可以在车上称王称霸了。

车长一直在与福格先生并肩战斗，突然一颗子弹把他击倒。他倒下去时喊道：

"如果火车在 5 分钟内停不下来，我们就完了！"

"它会停下来的！"菲利亚·福格说着就想冲出车厢去。

"您留下，先生，""万事达"冲他嚷叫道，"让我来！"

菲利亚·福格还没来得及阻止，这个勇敢的小伙子就已经躲过西乌人的注意，打开一个车门，偷偷溜到车厢底下了。这时候，战斗仍在继续，子弹在他头顶上嗖嗖地飞过。他恢复了马戏团小丑的灵活机敏，在车厢下面隐蔽前行。他抓紧车链，踩着刹车连接杆和车架纵梁，身轻如燕地一节车厢一节车厢地攀爬过去，终于爬到车前头了。他没有被人发现，他也不能被人发现。

　　这时候，他一只手抓住行李车和煤水车的连接处，用另一只手去摘保险链条。但是，由于机车的牵引力的缘故，要不是机车突然一阵摇晃，铁栓被震得跳了出来的话，他永远甭想把铁栓拔开来。列车脱节了，慢慢地落在了后面，火车头则越跑越快。

　　由于惯性作用，列车继续向前跑了几分钟，但是，各节车厢里，旅客们拉上紧急制动闸，列车终于在离卡尼站不到一百步的地方停下来了。

　　这时，卡尼堡的士兵们听见枪响，紧急赶了来。西乌人没等士兵们赶到，在列车还没停稳之前，便逃之夭夭了。

　　但是，在车站站台上清点人数时，旅客中有好些人没有应声，其中包括那个因其忠诚而挽救了旅客生命的勇敢的法国小伙子。

第三十章
菲利亚·福格只是尽了自己的职责

包括"万事达"在内，有 3 名旅客失踪。他们是在战斗中被打死的抑或是被西乌人抓去了？大家还都无法知晓。

受伤者为数不少，但可以看出都不是致命伤。受伤最严重的人是普罗克特上校。他打得很勇敢，腹股沟中了一弹，被击倒了。他同其他需要立即治疗的受伤旅客一起被抬到车站。

爱乌达夫人安然无恙。菲利亚·福格虽然也拼命作战了，但连皮都没有擦破。菲克斯胳膊上挂了彩，但伤得不重。只是不见"万事达"，年轻女子忍不住泪水涟涟。

这时候，所有的旅客都离开了列车。车轮上血迹斑斑，车辐和车毂上沾满一块块烂肉。白茫茫的平原上，一条条鲜红的血迹延伸着，看不到尽头。逃在最后面的印第安人此时已消失在南边共和河岸边了。

福格先生搂抱着双臂，一动不动地站在那儿。他必须做出一个严肃的决定。爱乌达夫人在他身旁，一声不响地看着他……他明白她目光中的含义。如果他的仆人被印第安人捉去了，他难道不该不惜一切代价去把他从对方手中夺回来吗？……

"不管他是死是活，我都要找到他！"他简单地对爱乌达夫人说。

"啊！先生……福格先生！"年轻女子嚷叫道，一面抓起她的同伴的手，上面滴满了她的泪水。

"他不会死的！"福格先生补充说，"如果我们分秒必争的话！"

菲利亚·福格下了这一横心，准备豁出去了。这等于是毁了自己。哪怕耽搁一天，他就赶不上纽约的轮船。那他打的赌就输定了。但是，他想到的是："这是我责无旁贷的！"所以他毫不迟疑。

卡尼兵营的上尉就在这儿。他的部下——将近 100 来个士兵——已做好防御准备，一旦西乌人直接攻打车站，他们好把敌人击退。

"先生，"福格先生对上尉说，"有 3 名旅客失踪了。"

"死了？"上尉问道。

"不是死了就是被抓走了，"菲利亚·福格回答说，"这是必须搞清楚的。您是否准备追击西乌人？"

"这是困难的，先生。"上尉说，"这帮印第安人可能一直逃到了阿肯色州去了！我奉命守卫要塞，我不会丢下它不管的。"

"先生，"菲利亚·福格又说，"事关 3 个人的性命呀。"

"当然喽……可是，我能用 50 个人的生命去冒险救回 3 个人吗？"

"我不知道您能不能，先生，但您应该这样去做。"

"先生，"上尉回答说，"在这里，没有人有权教我我的职责是什么。"

"那好吧，"菲利亚·福格冷冷地说，"我一个人去！"

"先生!"菲克斯已经走上前来了,他叫嚷道,"您一个人去追印第安人?"

"这儿的人能活下来全亏了'万事达',您难道让我撇下那可怜人不管吗?我要去。"

"嗯,不行,您不能一个人去!"上尉情不自禁地激动地嚷道,"不行!您心地真善良!……我要30名意志坚强的人!"他转身冲着他的部下们补充说道。

全连士兵全都向前一步。上尉只需在这些勇敢的士兵中挑选一下就行了。30名士兵选定了,由一名老上士带领着。

"谢谢您,上尉!"福格先生说。

"您能允许我陪您一同去吗?"菲克斯问绅士。

"悉听尊便,先生。"菲利亚·福格回答他说,"不过,如果您想帮我个忙的话,那就请您留下来陪陪爱乌达夫人。万一我有个三长两短的……"

警探脸上突然一阵苍白,想到不能离开这个他寸步不离地一直盯着的人,让他就这么在荒漠之中去冒险!菲克斯注意地看了看绅士,不管他对他抱有什么偏见,不管他是如何与他较量的,反正他看着绅士那冷静而坦荡的目光,垂下了自己的头。

"我留下。"警探说。

过了一会儿,福格先生握了握年轻女子的手,然后,把他那只装钱的旅行袋交给了她。随后,他便同上士及其一小队人马一起出发了。

临行前,他对士兵们说道:

"朋友们,如果我们能把被捉去的人救回来,你们将得到1000英镑!"

此时天刚过晌午。

爱乌达夫人走进车站的一间房间里，独自一人在等待着，心里在想菲利亚·福格，在想他那平凡而又伟大的男子汉气概，在想他那沉着而勇敢的精神。福格先生牺牲了自己的财产，现在又不顾自己的死活，而这一切又都是毫不犹豫地去做的，一句大话都不说，完全是出自责任感。在她的眼里，菲利亚·福格是个英雄。

菲克斯警探却不这么想，他心里烦躁极了。他在站台上像热锅上的蚂蚁似的走来走去。刚才脑子一时糊涂，现在清醒了。福格走了，他现在才回过味儿来，自己真蠢，竟然把他给放跑了。怪事！他紧跟着这人环游地球，竟然同意他走开！他那警探的本性又占了上风，一个劲儿地在自己骂自己，自己责怪自己，那架势仿佛自己是伦敦警视厅厅长在训斥一个因无知愚蠢而放跑了一个人犯的探员似的。

"我真傻呀！"他心里在想，"'万事达'一定把我的身份告诉他了！他走了，不会回来了！我现在还到哪儿去抓他呀？我怎么会就这样被他给蒙住了呢？我，菲克斯，我兜里可是装着他的逮捕令的呀！我的的确确是个大笨蛋呀！"

警探一直在这么推断着，他觉得真是度日如年，不知如何是好。有时候，他真想把真相告诉爱乌达夫人，但他明白年轻女子是不会给他好脸看的。怎么办才好呢？他真想穿过白茫茫的大平原，去追踪那个福格！他觉得不会找不到他的。雪地上还留有小分队的足印！……但是，过不了多大会儿，那片足印便被新落下的雪给覆盖住了。

这时候，菲克斯像泄了气的皮球。他实在是想放弃继续跟踪福格了。可是，正好在这时候，来了机会，他可以离开卡尼车站，继续这个多灾多难的旅行。

的确，午后2点，雪像扯棉拉絮似的在下着，只听见从东边传来一阵阵长长的汽笛的鸣响。一个黑乎乎的庞然大物，头前射出浅黄色的光亮，慢慢腾腾地向这边驶来。由于浓雾的关系，它显得奇大无比，宛如一个大怪物。

然而，没人想到会有火车从东边开来。通过电报要求派来解困济危的火车，不会这么快就到的，而从奥马哈到旧金山的火车要到第二天才会通过这里……大家很快就明白了。

汽笛长鸣、缓缓驶来的这辆机车就是原先的那一辆。它甩下了列车之后，载着已昏迷不醒的司机和司炉继续飞速行驶。它在铁轨上飞驶了好几英里之后，煤火不旺了，无法继续加煤，蒸汽也小了，一小时之后，速度慢慢地减了下来，最后，在离卡尼车站20英里处停住不走了。

司机和司炉都没有死，昏迷了好长一段时间之后，他们就苏醒过来了。

机车停了下来。司机发现只剩一个火车头在这片荒野之中，立刻明白是怎么回事了。火车头是怎么与列车脱节的，他无法猜到，但是，列车被甩在后面，一定是陷入困境了，这一点他是深信不疑的。

继续朝奥马哈开去是个谨慎稳妥的办法；向列车方向退回去，也许印第安人还在洗劫，那是危险的……司机没有犹豫，当机立断，管它呢！他往炉膛里添足了煤和木柴，火旺起来了，压力上来了，午后2点，火车头向后倒行，向卡尼站退回去。雾中汽笛长鸣的就是它。

当旅客们看到列车又挂在火车头上时，一个个高兴极了。他们马上就可以继续进行被如此不幸中断的旅行了。

在火车头开来的时候，爱乌达夫人从车站房间里走了出来，冲车长说：

"你们要走?"她问车长。

"马上就走,夫人。"

"可是,那些被抓去的人……我们可怜的同伴们……"

"我不能中断列车运行,"车长回答,"我们已经晚了3个小时了。"

"从旧金山来的车什么时间通过这儿?"

"明天晚上,夫人。"

"明天晚上!那太晚了。必须等着……"

"这不可能,"车长回答,"如果您想走的话,请上车吧。"

"我不会走的!"年轻女子回答道。

菲克斯听见了他们的谈话。刚才,任何运输工具都没有的时候,他曾决定离开卡尼,而现在,火车就在面前,正准备开行,只要回到车厢里去就行了,却有一股无法抗拒的力量把他钉牢在地上。他觉得车站的这个站台在烫他的脚,但他无法拔起脚来就走。失败使他气愤难耐。他想战斗到底。

这时,旅客们以及几个伤者——其中包括普罗克特上校,他的伤势严重——已经回到了车厢里。火车头的锅炉已经烧得很热了,只听见它发出的呼哧声,蒸汽也在从气门往外喷。司机拉响汽笛,列车开始启动,转瞬间,它已消失不见,只见白烟交织在鹅毛大雪之中。

警探菲克斯留下没走。

几个小时过去了。天气糟透了,严寒刺骨。菲克斯坐在车站的一张长椅上,纹丝不动,仿佛睡着了一般。爱乌达夫人不顾寒风刺骨,老是走出供她休息的那间房间,她来到站台顶端,在风雪交加中张望,想隔着这阻断视线的雪障,听到点儿什么。什么都看不见、听不见。于是,她往回走来,身子快冻僵了,等暖和一下之后,再出来看看，但始终是大失所望。

天晚了。小分队还没归来。他们现在何处？他们找到印第安人没有？是否打起来了？抑或是士兵们在雪雾中迷了路，在乱闯乱撞？卡尼兵营的上尉焦急不安，尽管脸上不愿流露出来。

夜幕降临，雪下得不那么急了，天却更加冷得厉害。即使最英勇不屈的人，看到这黑茫茫的一片，也会毛骨悚然的。原野上万籁俱寂，不见飞鸟，不见走兽，只有这死一般的沉寂笼罩在大地上。

这整整一夜，爱乌达夫人脑子里充满不祥的预感，她心急如焚，在草原边上不停地徘徊。她被想象引向远方，看见的是千般险万种难。在这漫漫长夜里，她的痛苦真是一言难尽。

菲克斯始终待在原地一动不动，但是，他也没有睡。有这么一会儿，曾有个人向他走来，还问了他一句什么，但他没有回答，只是摇了摇头，把那人打发走了。

一夜就这么过去了。黎明时分，昏暗的太阳在雪雾迷茫的地平线上升起。这时，肉眼已经能够看出2英里以外去了。菲利亚·福格和小分队是朝南边去的……南边空寂无物。此刻已是早晨7点钟了。

上尉忧心忡忡，不知如何是好。是否应该再派一队人马去增援？眼看希望渺茫，该不该再派人去冒险搭救先前被捉去的人？但他只犹豫了不大的一会儿，便招手叫来他的一名中尉，命令他往更南边一些去侦察一番。正在这时候，只听见几声枪响。是发出的信号？士兵们全冲出兵营，只见半英里外，有一小队人马队列整齐地在往回走。

福格先生走在队伍的前头。他身边是从西乌人手中解救出来的"万事达"和另两名旅客。

在卡尼南边10英里处曾发生过激战。在小分队到达之前，"万事达"及另两名旅客已经在同押送他们的西乌人打起来了。法国小伙子用拳头揍倒3个西乌人,这时,他的主人及小分队冲上来救他们了。

救人者和被救者全都发出热烈的欢呼。菲利亚·福格把许诺的赏金分发给士兵们。这时候,"万事达"不无道理地自言自语道:

"说实在的,必须承认,我可没让我的主人少为我花钱呀!"

菲克斯一言不发地看着福格先生,很难分析他此时此刻心里都在想些什么。而爱乌达夫人则抓住绅士的手,双手紧紧地握住他的手,激动得一句话也说不出来!

"万事达"一到车站,就在寻找火车。他原以为列车就停在站上,准备开往奥马哈,希望还能把失去的时间赶回来。

"火车呢?火车呢?"他嚷叫着。

"开走了。"菲克斯回答。

"那下一趟火车什么时候过来?"菲利亚·福格问道。

"要到今天晚上。"

"啊!"冷静的绅士只是"啊"了一声。

第四部 幸福之外

Part Four

第三十一章
菲克斯警探很关心菲利亚·福格的利益

菲利亚·福格延误了 20 个小时。无意间造成这种延误的"万事达"非常懊恼。他真的把自己的主人给坑苦了！

这时候，警探走近福格先生，目不转睛地直视着他问道：

"说真的，先生，您很着急赶路?"

"真的很着急!"菲利亚·福格回答说。

"我真的想知道，"菲克斯又问，"您真的必须在 11 日晚上 9 点之前，在开往利物浦的轮船出发之前赶到纽约?"

"必须如此。"

"要不是由于印第安人的这次袭击打乱了您的旅行计划，您于 11 日上午就到纽约了，是吗?"

"是的，在轮船开出之前 12 小时就赶到了。"

"嗯。您延误了 20 个小时。在 20 小时和 12 小时之间，相差的是 8 个小时。您要赶回的是 8 小时。您想不想试一试呀?"

"步行?"福格先生问。

"不,坐雪橇,"菲克斯回答说,"带帆的雪橇。有个人曾建议我坐这种交通工具来着。"

这个人就是昨天夜里跟警探搭讪而被后者摇头拒绝的那个人。

菲利亚·福格没有回答菲克斯。但当菲克斯指给他看那人正在车站前溜达时,绅士便向那人走了过去。一会儿之后,菲利亚·福格和那个名叫马奇的美国人一起走进卡尼堡下面盖起的一间草房里去了。

福格先生在草房里仔细地查看一个挺奇怪的车子。它像是一种框架,钉在两根长木头上,头部微微上翘,像是雪橇的底部托架,坐上五六个人不成问题。靠前部1/3的地方,竖起一根很高的桅杆,张着一张巨大的三角帆。这根桅杆被几根钢索牢牢地捆绑着,上面竖着一根铁支索,用来支撑巨大的三角帆。后部是一种橹形舵,可以掌握方向。

大家应该明白了,这是一种单桅帆船式的雪橇。冬季里,在冰雪覆盖的原野上,当火车因大雪受阻的时候,这种雪橇从一个车站往另一个车站运送旅客,极其迅速。再说,这种雪橇还能奇迹般地挂上大帆,比一艘竞赛快帆船的帆都大。要是快帆船挂这种帆,准保翻船。要是遇上顺风,它们在原野雪地上滑行起来,速度不说是超过,起码是与快车相仿。

不一会儿,福格先生和"旱船"船主便谈好了价钱。风向很好,西风强劲,雪已冻硬,马奇完全可以在几小时之内把福格先生送到奥马哈车站。到了那里,火车往来频繁,芝加哥和纽约的列车班次很多。把耽搁的时间赶回来不是没有可能的。没有什么可犹豫的,值得冒险一试。

福格先生不愿让爱乌达夫人这么大冷天,在露天旷野里受这种颠簸冻累之苦，而且，雪橇速度又快，那就更加冷得够呛，所以，他劝她留在卡尼车站，由"万事达"来陪伴她。正直的小伙子将负责顺顺当当、平平安安地把年轻女子送回欧洲。

爱乌达夫人不肯离开福格先生，"万事达"对她的决定感到由衷的高兴。的确，他是无论如何也不愿意离开自己的主人的，因为菲克斯仍在跟着福格先生。

至于警探此刻是怎么想的，那就一言难尽了。他的信心因菲利亚·福格的归来而发生动摇了呢？还是他认为菲利亚·福格是个十足的混蛋，以为一旦环游地球的计划完成了，在英国就绝对的安然无恙了？也许菲克斯对菲利亚·福格的看法确实是改变了。但他依然决定恪尽职守，因此，他反倒比别人更加急于使出浑身解数，要尽早地把菲利亚·福格弄回英国去。

8点钟，雪橇准备出发。乘客们——我们真想称他们为乘客——坐上雪橇，紧紧地裹在旅行毛毯中。两张大帆张挂起来，在风力的驱动之下，雪橇在冻得硬邦邦的雪地上以每小时46英里的速度飞速滑行。

卡尼堡距奥马哈的直线距离——按美国人的说法，叫"蜂飞距离"——顶多200英里。如果一直顺风，5个小时就可以跑完这段路程。如果不发生任何意外的话，午后1点钟，雪橇就会抵达奥马哈。

这叫什么旅行！旅行者们互相挤在一起，无法交谈。因速度飞快，冻得大家张不开嘴。雪橇轻盈地在雪野上滑行，宛如水面上的一叶轻舟，而且还不会受波浪的阻滞。当寒风擦地吹过时，雪橇仿佛被两只硕大无比的风帆拉起，脱离地面。马奇掌稳舵，保持直线前进，一旦雪橇出现偏向，他便立即转动一下舵把儿，校正前进方向。两只帆全都胀鼓鼓的。支索帆早已张起，不再被大帆遮挡。大帆上又竖起一个顶桅，挂上了兜风的尖帆，增加了帆面，加大了风力。精确地计算出雪橇的速度尚不可能，但它不会小于每小时 40 英里的。

"如果没什么捣蛋的事，"马奇说，"我们一定能按时到达！"

再说，马奇也很希望在规定的时间内到达，因为福格先生按照他的惯例，向他许下了一笔丰厚的赏金。

雪橇笔直穿越的雪野如风平浪静的大海一样，简直可以说是一个巨大的结了冰的池塘。这段路上的铁路线是从东南向西北向上延伸的。沿途经过格兰德艾兰、内布拉斯加州重镇哥伦布城、舒勒尔、佛里蒙特，最后到达奥马哈。这段铁路始终沿着普拉特河右岸延伸。雪橇直线切过铁路线形成的弦线，抄了条近道。马奇在不到佛里蒙特的地方，从河上穿过，他用不着担心受阻，因为河水早已结成了厚冰。一路之上，毫无阻碍。菲利亚·福格因此只担心两件事：雪橇出现故障；风向改变或大风停息。

但是，风力没有减弱。恰恰相反，那条被钢索牢牢地捆绑着的桅杆都被吹弯了。这些钢索宛如琴弦，仿佛有一把弓把它们拉得咝咝作响。雪橇在这如诉如泣的和谐声音中，在极其紧张的气氛中，飞也似的滑行着。

"这些钢索发出的是五度音和八度音。"福格先生说。

一路之上，这是他说的唯一的一句话。爱乌达夫人由同伴们精心照顾，紧缩在衣服及旅行毛毯中，尽可能地少受风寒之苦。

至于"万事达"，他的脸冻得就像雪雾中落山的红日一般。凛冽寒风向他直灌。由于他一贯保持着那种不屈不挠的信念，他又开始感到希望又在前头。本该早上到达纽约的，现在要到晚上才能到了，不过，还是有希望赶上开往利物浦的轮船的。

"万事达"甚至都想紧握一下他的同盟者菲克斯的手了。他没有忘记是警探自己提供这个带帆雪橇的线索的，因此，是多亏了警探才有了这个及时赶到奥马哈的唯一办法。不过，不知出于什么预感，他保持着自己固有的矜持，没有与菲克斯握手。不管怎么说，有一件事是"万事达"永远忘不了的，那就是福格先生为了把他从西乌人手中搭救出来，曾义无反顾地做出的牺牲。为此，福格先生是拿着自己的财富和生命去冒险的……不！"万事达"永远不忘自己的主人！

在旅行者们大相径庭地各自想着心思的时候，雪橇仍在这片辽阔广袤的雪野上飞驰着。即使是穿过小蓝河的支流港汊，大家也都没有发觉。田野和河流全被一层白茫茫的冰雪覆盖住了，雪野上完全空荡无物。这片原野位于太平洋联合铁路和卡尼堡通往圣·约瑟的支线之间，宛如一座荒无人烟的大孤岛。不见村庄，不见车站，甚至连要塞都没有。有时候，可见一棵被寒风吹得就像一副白骨似的枯树一闪而过。有时候，又可见一群野鸟哗地一下惊飞逃去。还有的时候，可以遇见草原上的一群群饿狼，瘦骨嶙峋，因饥饿难耐而追逐雪橇。这时候，"万事达"便握起手枪，随时准备向跑近了的饿狼开火。万一出了事，雪橇走不了了，旅行者可能会受到这群凶狠的食人动物的袭击，那可是相当危险的。但是，雪橇很结实，越滑越快，把那群嗥叫着的饿狼甩在了后头。

晌午时分，马奇从一些地方认出正在穿越普拉特河的冰面。他没有吭声，但他已经确信，再走20英里，就到奥马哈了。

的确，还没到下午1点，这位机灵的向导便放下舵把儿，赶忙去收起桅帆，卷成一卷。这时候，雪橇凭借巨大冲力，在无帆的情况之下，又滑行了半英里。最后，它停了下来，马奇则指着一片被白雪覆盖的屋顶说：

"我们到了。"

到了！真的是到了这个每天有无数趟列车通往美国东部的车

站了!

"万事达"和菲克斯跳下雪橇,活动活动冻僵了的手脚,然后帮助福格先生和年轻女子下了雪橇。菲利亚·福格很大方地付给了马奇租费和赏金。"万事达"像是跟老朋友道别似的同马奇握了手。然后,四人便向车站跑去。

确切地说,太平洋铁路就到内布拉斯加州的这座重镇为止。该城是密西西比盆地和大西洋间的交通枢纽。从奥马哈到芝加哥的这段铁路叫"芝加哥—罗克艾兰铁路",一直向东延伸,沿途设有 50 个站。

有一趟直达快车正要开出。菲利亚·福格及其同伴们刚一冲进车厢,火车就开动了。他们一点儿也没看到奥马哈的市容市貌,不过,"万事达"心里很坦然,对此并不觉得遗憾,认为他们不是来参观奥马哈的。

火车以极快的速度在爱荷华州奔驰,穿过了康瑟尔布拉夫斯、得梅因和爱荷华城。入夜,列车在达文波特越过了密西西比河,通过罗克艾兰进入伊利诺伊州。翌日,10 日,下午 4 点,列车驶抵芝加哥。该城已经从废墟①中重建起来,比过去更加雄伟地耸立在美丽的密执安湖畔。

芝加哥距离纽约 900 英里。芝加哥开往纽约的火车很多。福格先生立即换乘了一趟车。这是一辆"匹兹堡—韦恩堡—芝加哥铁路公司"的轻快机车。它像是明白尊贵的英国绅士时间极其宝贵似的飞驰而去。它风驰电掣般地穿过印第安纳州、俄亥俄州、宾夕法尼亚州、新泽西州,经过了一些名字古老的城市,其中有些城市已经有了街道和有轨电车,但是房屋还没有建造起来。最后,哈得孙河

①　芝加哥是位于纽约和洛杉矶之后的美国第三大城市。1870 年时已有居民 3027 人,但于 1871 年遭大火焚毁,后重新建立起来。

到了。火车于 12 月 11 日晚 11 点 15 分驶进哈得孙河右岸的车站，也就是驶入丘纳德轮船公司——换句话说，驶入"英国和北美皇家轮船公司"的轮船码头。

可是，去利物浦的"中华号"45 分钟之前就已经开出了！

第三十二章
菲利亚·福格与厄运进行针锋相对的斗争

"中华号"这一走，好像是把菲利亚·福格最后的希望一起给带走了。

的确，直接往来于美洲和欧洲的其他所有轮船，无论是法国大西洋轮船公司的船、"白星线"的轮船、伊曼公司的轮船，还是汉堡线及其他公司的轮船，都无法帮助菲利亚·福格完成旅行计划。

的确，法国大西洋轮船公司的"佩雷尔号"——该公司的豪华轮船，其速度与其他任何一家公司的船一样快，而其舒适程度却超过所有其他公司的船——要3天后，12月14日才开。再说，它同汉堡公司的船一样，不是直接开往利物浦或伦敦的，而是开往勒·哈佛尔的，从勒·哈佛尔再开往南安普敦，多绕了这么个弯，耽搁了时间，菲利亚·福格的最后努力便会功败垂成了。

至于伊曼公司，它倒有一条"巴黎城号"，但得等到第二天才开，无法加以考虑。而且，这类船主要是运送移民的，马力很小，航行一半靠风帆一半靠蒸汽，速度很慢。它们从纽约到英国所需的时间超出了福格先生为赢得赌注所剩下的时间。

福格先生对这一切情况了如指掌，因为他查了布雷德肖编的《欧陆车船交通大全》，上面印有每日往返大西洋的船只时刻表。

"万事达"绝望了。就差 45 分钟没能赶上"中华号"，这真是要了他的命了。这都怪他，非但没能帮助主人，反而一路上尽给主人找麻烦了！当他细细回想一路上的种种事故时，当他细细计算光是为他一个人而损失的钱数时，当他想到那巨额赌注，外加这次无谓旅行数额惊人的旅费，要把福格先生弄得倾家荡产时，他一个劲儿地在痛骂自己。

然而，福格先生却没有责怪他一句。在离开大西洋轮船公司码头时，他只说了一句：

"我们明天再说吧。走吧。"

福格先生、爱乌达夫人、菲克斯和"万事达"乘坐"泽西市轮渡"过了哈得孙河。然后，乘上一辆马车，来到百老汇大街的圣·尼古拉旅馆。他们订好了房间，住了一夜。对菲利亚·福格来说，这一夜很短，他睡得很香，但对爱乌达夫人及另外两位同伴来说，这一夜却很长，他们心烦意乱，睡不踏实。

第二天是 12 月 12 日。从 12 日早上 7 点到 21 日晚上 8 点 45 分，还剩下 9 天零 13 个小时 45 分钟了。要是菲利亚·福格头一天搭上丘纳德轮船公司最好的船之一"中华号"的话，他就能在预定的时间内赶到利物浦，然后就到伦敦了！

福格先生吩咐"万事达"留下等他，并叮嘱爱乌达夫人随时准备好动身，然后，他便离开了旅馆。

福格先生来到哈得孙河畔，在停靠岸边或停泊在河心的船只中仔细寻觅准备开航的船。有好几条船都挂上了准备开航的细长三角旗，只等早晨涨潮时出海，因为在这个巨大而完美的纽约港，每天都有上百条船开往世界各地，不过，大部分都是帆船，不合乎菲利亚·福格的需要。

这位绅士似乎要功亏一篑了。突然，他发现离他顶多一链①远的地方，在炮台前边，泊着一艘带螺旋推进器的商船，船身灵巧，烟囱里冒着浓浓的黑烟，说明它正升火待发。

菲利亚·福格叫来一只小船，坐了上去。小船三划两划地便划到了"亨里埃塔号"的舷梯前了。这是一艘铁壳船，船面上全是木质结构。

"亨里埃塔号"船长就在船上。菲利亚·福格登上甲板，要求见船长。船长立即走了过来。

船长50岁左右，是那种老练而怪癖的老水手，是个爱嘟囔、不太好打交道的人。他两只眼睛大大的，脸膛呈古铜色，红棕色头发，五大三粗，没有上流社会人的任何痕迹。

"是船长吗？"福格先生问。

"正是。"

"我叫菲利亚·福格，从伦敦来。"

"我叫安德鲁·斯皮迪。"

"您的船马上就开？……"

"一小时后开。"

"您装货去……"

"波尔多。"

"装的是什么货？"

"舱底装的是压舱石。没装货，我空载回去。"

"有乘客吗？"

---

① 旧时计算单位，约合200米。

"没有乘客。从不载客。乘客是累赘而又爱挑剔的货物。"

"您的船走得快吗？"

"十一二链。'亨里埃塔号'是很有名气的。"

"您愿意送我和另外三个同伴去利物浦吗？"

"利物浦？干吗不说是去中国呀？"

"我要去利物浦。"

"不去！"

"不去？"

"不去。我正要开往波尔多。我就去波尔多。"

"出多少钱也不去？"，

"出多少钱也不去。"

船长的口气不容置辩。

"可是，'亨里埃塔号'的船东们……"菲利亚·福格又说。

"我就是船东，"船长回答说，"这条船是我的。"

"我租您的船。"

"不租。"

"我买您的船。"

"不卖。"

菲利亚·福格并没气馁。但是，情况十分不妙。纽约不像香港，而且，"亨里埃塔号"船长也不像"坦卡代尔号"船长。在这之前，绅士的钱总能通神的。这一回，钱可就起不了作用了。

然而，必须找到办法乘船渡过大西洋去，除非是乘热气球飞过去，可那又太冒险了，再说，这也是句空话。

但是，菲利亚·福格似乎有了主意，因为他在对船长说：

"那么，您愿意送我去波尔多吗？"

"不行，即使付我 200 美元也不行！"

"我付您 2000（10000 法郎）。"

"每个人 2000？"

"每个人 2000。"

"你们一共是 4 个人？"

"4 个人。"

斯皮迪船长开始挠起头来，仿佛要把头皮抓烂似的。有 8000 美元的赚头，而且是顺路捎带，这完全值得抛弃他刚才所说的对搭载旅客的恶感。再说，2000 美元一个旅客，这不是在运送旅客，而是在运贵重物品了。

"我 9 点钟开船，"斯皮迪船长简单地说道，"您和您的人赶得及吗？……"

"9 点钟，我们一定上船！"福格先生也简洁地回答道。

现在已是 8 点 30 分了。福格先生下了"亨里埃塔号"，登上一辆马车，回到圣·尼古拉旅馆，带上爱乌达夫人、"万事达"，连同他盛情邀请一同乘船的那个寸步不离的菲克斯，这一切福格先生都是以他那在任何情况之下都保持不变的冷静自若完成的。

当"亨里埃塔号"正要起航时，这 4 个人全都上船了。

当"万事达"得知这最后一段旅程的价格时，不禁长长地"啊"了一声，从高音到低音，滑过所有的音阶！

至于警探菲克斯，他在寻思，英国国家银行反正是不会毫不受损地了结此案的。确实如此，到了英国，就算福格先生不再往海里扔钱了，他的钱袋已经就少了 7000 多英镑（17.5 万法郎）了！

第三十三章
菲利亚·福格处惊不乱

一小时之后，"亨里埃塔号"越过了标志哈得孙河入口处的航标灯，绕过桑迪—胡克角，驶入大海。这一整天中，它沿着长岛，与火岛的灯塔保持一定的距离，迅速地向东驶去。

第二天，12月13日，晌午时分，一个男子上了舰桥，测定方位。毫无疑问，大家一定以为此人是船长斯皮迪。根本不是！他是菲利亚·福格先生。

至于斯皮迪船长，他干脆被锁在了自己的舱房里，气得大声吼叫，都快要发疯了。不过，这也是情有可原的。

事情的经过很简单。菲利亚·福格要去利物浦，船长不肯送他去那儿。于是，菲利亚·福格同意去波尔多，但上船后的30个小时中，他十分巧妙地利用他的钞票，使得船上的水手和司炉们——他们有点儿营私舞弊，而且，同船长也挺不对劲儿的——都站到他一边来了。

就这样，菲利亚·福格代替了斯皮迪船长在指挥起航行来，而船长则被关在了自己的舱房里，船则向着利物浦方向驶去。不过，从福格先生的驾船技术来看，很显然，他曾经当过海员。

这段冒险故事的结局如何，大家以后会知道的。不过，爱乌达夫人尽管一言未发，但担忧之情是不言而喻的。而菲克斯一开始就给吓傻了。至于"万事达"，他倒是觉得这一手干得真是太漂亮了。

斯皮迪船长曾经说过，"时速11到12海里"，而现在，"亨里埃塔号"确实是保持这一平均速度。

如果——还有这么多的"如果"——如果海上天气不变得太坏，如果风不变成东风，如果船不出现任何毛病，机器不发生任何故障，"亨里埃塔号"就能在剩下的12月12日到21日这9天的时间里，跑完纽约到利物浦的这3000海里。但话说回来，一旦到了英国，抢夺"亨里埃塔号"加上银行偷窃案，罪上加罪，福格先生就不像他想的那么美了，那可就够他瞧的了。

开头的几天，航行极其顺利。海上风浪不太大，风似乎一直在向东北方向刮着，风帆张起，在前后桅帆的作用下，"亨里埃塔号"像一条真正的远洋轮船似的航行着。

"万事达"可高兴了。他主人最后的这一壮举——至于后果如何他不愿去想——使他激动万分。船员们从未见过这么快活、这么灵巧的小伙子。他对水手们友好极了，翻筋斗给他们看，使他们惊讶不已。他净称呼他们好听的，还请他们喝好酒。他们为了他而认真地干着活，司炉们玩命地添煤加火。他的好情绪很有感染力，使大家都劲头十足。他忘了过去的事，忘了烦恼，忘了危险。他一心只想着眼看就要达到的那个目的。有时候，他也心焦难耐，仿佛被"亨里埃塔号"的锅炉烧烤着似的。正直的小伙子也常常围着菲克斯转，用一种"意味深长"的目光看着菲克斯！但他没有跟对方说什么，因为在这两个旧友之间已不再有任何交情可言了。

再说，必须指出，菲克斯简直给弄糊涂了！抢夺"亨里埃塔号"，收买船员，这个福格操纵起船来就像是个老练的船员，凡此种种，弄得他晕头转向。他不再知道该怎么想了好了！不过，反正是，一个以盗窃 5.5 万英镑为开始的绅士，最终是会抢夺一条船的，所以，菲克斯自然而然地认为，福格驾驶的"亨里埃塔号"根本就不是去利物浦，而是开往世界上的某个地方，小偷成了海盗，就可以安然无恙了！这个推测，应该承认，确实是再合理不过的了。因此，警探开始真的后悔上这条贼船了。

至于斯皮迪船长，他继续在他的舱房里大声吼叫。"万事达"负责给船长送饭，尽管他身强力壮，但送饭去时仍倍加小心。福格先生则好像船上原本就没有船长似的。

13 日，船从新地岛尾部通过。这一段航道非常难行。尤其是在冬季，经常浓雾弥漫，风势猛烈。从头一天晚上起，晴雨表的水银柱骤然下降，预示着天气马上要变。的确，夜晚时分，气温下降，天冷得厉害，同时，风也变成东南风了。

这事可真不妙。福格先生为了不偏离航道，只好收起船帆，加大马力。然而，船行速度减慢下来，因为海上发生变化，滚滚巨浪冲击着船头。船前后颠簸得很厉害，减慢了船速。海风越刮越猛，在逐渐地转变为飓风，大家已经预感到"亨里埃塔号"快要顶不住巨浪的冲击了。可是，假使躲避开飓风，那就凶多吉少，前途难卜了。

"万事达"的脸色与天气一样变得阴沉了。两天来，正直的小伙子一直提心吊胆，惶恐不安。但是，菲利亚·福格终究是个勇敢的水手，敢于与大海搏斗，一直在驾船前行，连马力都没往下减。当大浪袭来，"亨里埃塔号"无法冲上浪尖时，它就从巨浪下穿过，甲板被海水冲过，但它还是钻过去了。有时候，排山倒海的巨浪把船尾高高掀起，螺旋推进器都露出了水面，叶片疯狂地空转着，但船仍始终向前行驶着。

不过，风刮得并不像大家担心的那样凶猛。这次刮的并不是时速高达90英里的那种飓风，只是一种7级疾风，但不幸的是，风向硬是不变，一直是向西北方向刮，有帆也用不上。可是，正如大家知道的，机器极需风帆相助！

12月16日，这是从伦敦出发后的第75天。总的看来，"亨里埃塔号"还没有耽搁得令人担忧，差不多已航行了一半的航程，而且，最难走的路段也已经过去了。要是在夏季，可以保证胜券在握了。可是，在冬季里，航行受到恶劣天气的摆布。"万事达"一直闷声不响，但他心底里怀着希望，他觉得，即使风向不对，还有机器呢。

可是，就在这一天，轮机工上了甲板，找到福格先生，与他挺激烈地谈了一番。

不知何故——想必是因为一种预感——"万事达"心里有种莫名的不安。他真想把两只耳朵竖到一边去听他们在谈些什么，但，他只能听到一言半语，其中有他主人问的一句：

"您对您所说的十分肯定吗？"

"十分肯定，先生。"轮机工回答道，"别忘了，自开船以来，我们把所有的锅炉全烧上了，如果说我们的煤足够慢慢地烧，可以从纽约开到波尔多的话，那点上大火，从纽约开到利物浦，煤就不够了。"

"我会考虑的。"福格先生回答说。

"万事达"明白了，这一下他可急死了。

煤不够！

"啊！如果我的主人能解决这个问题，"他心想，"那他可真是个神人了!"

他碰见了菲克斯,忍不住把情况告诉了他。

"这么说,"警探紧咬着牙关说,"您认为我们是去利物浦喽!"

"那当然!"

"蠢货!"警探说完,耸了耸肩膀,走开去了。

"万事达"正要毫不客气地质问菲克斯为什么说他"蠢货",他是真的不明白他这话是什么意思。可是,他转而一想,这个倒霉的菲克斯,这么傻乎乎地跟着假定的窃贼绕了地球一周,最后还得自认搞错了,心里一定是十分沮丧,自尊心受到了很大的侮辱。

可现在,菲利亚·福格到底打算怎么办?这可就难以猜测了。不过,冷静的绅士似乎已有个办法了,因为当天晚上,他把轮机工叫了来,对他说道:

"把火烧旺,全速航行,等煤烧完了再说。"

不一会儿,"亨里埃塔号"的烟囱里便冒出了滚滚浓烟。

船在继续全速航行。可是,正如轮机工所说的,两天过后,18日,他告诉福格先生,说煤已烧不到晚上了。

"别让火势减弱,"福格先生回答,"恰恰相反,把火加大,把汽加足。"

这一天,将近中午时分,在测量了水深和测定了船的方位之后,福格先生把"万事达"叫了来,命令他去把船长斯皮迪找来。这个正直的小伙子听到命令后,仿佛觉得是要他去打开老虎笼子似的。他下到艉楼,心里嘀咕:

"他肯定会咆哮的!"

的确,几分钟之后,一颗炸弹在叫喊和怒骂声中,就要在艉楼爆炸了。这颗炸弹就是斯皮迪船长。很显然,炸弹眼看就要爆炸。

"我们现在到哪儿了?"这是他怒不可遏地说的头一句话。说实在的，要是这个正直的人气得中风的话，那肯定是活不过来的。

"我们现在到哪儿了？"他脸气得发紫，重复地问了一遍。

"距离利物浦 770 海里（300 法里）。"福格先生仍旧镇定自若地回答说。

"海盗！"安德鲁·斯皮迪吼道。

"我请您来，先生，是……"

"海盗！"

"……先生，"菲利亚·福格重复道，"是请您答应把船卖给我。"

"没门儿！别做梦了！"

"因为我必须把船烧掉。"

"烧掉我的船！"

"是的，至少是烧掉船面装备，因为我们燃料不够了。"

"烧掉我的船！"斯皮迪船长吼叫着，他气得话都说不清楚了，"我的船价值 5 万美元哪！"

"这是 6 万美元！"菲利亚·福格回答着，一边把一捆钞票递给船长。

这一招儿对安德鲁·斯皮迪产生了奇效。看见 6 万美元而不动心的就不是美国人了。船长一时间忘记了自己的愤怒，忘记了自己的被囚禁，忘记了对他这位乘客的一切恼恨。他的船已经行驶了 20 年了。这可是一桩一本万利的买卖！……炸弹已经不会再爆炸了，因为福格先生已经把引信给拔掉了。

"那铁壳船体得归我。"他的声音变得极其温和地说。

"铁壳船体和机器全归您，先生。成交了？"

"成交了。"

安德鲁·斯皮迪抓过那叠钞票，数了起来，然后便装进兜里去了。

在他俩谈话的过程中，"万事达"面色苍白，而菲克斯则差点儿中风了。花了将近两万英镑，可这个福格还把船体和机器留给了船主，也就是说，差不多整条船白送了！是啊，他不在乎，在银行偷的钱高达 5.5 万英镑哩！

当安德鲁·斯皮迪把钱装进口袋之后，福格先生对他说道：

"先生，但愿这事没使您吃惊。您要知道，如果我 12 月 21 日晚上 8 点 45 分回不了伦敦，我就要输掉 2 万英镑。可我误了纽约的轮船，而您又拒绝送我去利物浦……"

"我没吃亏，老天爷作证，"安德鲁·斯皮迪大声说道，"因为我至少赚了 4 万美元。"然后，他又从容不迫地补充道，"有一点您知道不？船长您贵姓？……"

"福格。"

"福格船长，喏，您身上有股子美国佬的味道。"

斯皮迪船长说了这句他认为是句恭维的话之后，便要走开去，这时候，菲利亚·福格对他说道：

"现在，这条船属于我了？"

"当然喽，从上到下，凡是'木制'的，全归您了！"

"那好。您让人把船舱里的家具什物全拆卸了，用它们添火。"

于是，船员们根据马力的需要烧起这些干柴来。这一天，艉楼、舱面室、舱房、船员宿舍、最下层的甲板，全都拆下来烧了。

第二天，12 月 19 日，桅杆、甲板上的桨、桅备用件、圆材等全都烧了。帆架被放倒，用斧头劈碎。船员们干得热火朝天。"万事达"用刀劈，用斧头砍，用锯子锯，一个人顶十个人在干。这简直就是在搞疯狂破坏。

第三天，20 日，船帮、挡板、船体的水上部分、大部分甲板，全被烧光了。"亨里埃塔号"只剩下个光秃秃的壳子了,仿佛一只趸船一般。

然而,就在这一天,爱尔兰海岸和法斯特奈特的灯塔已经遥遥在望了。

但是,到晚上 10 点,船才穿过昆斯敦。菲利亚·福格要赶到伦敦,只剩下 24 小时了!因此,"亨里埃塔号"即使全速前进,现在也必须赶到利物浦。可是,眼看蒸汽不足,大胆的绅士难以遂愿!

"先生,"这时斯皮迪船长对他说,船长终于对他的计划也关心上了,"我真的很同情您。您事事不顺!我们才刚刚到达昆斯敦的外海海面。"

"啊!"福格先生说,"我们看见灯火的那座城市就是昆斯敦?"

"是的。"

"我们能进港吗?"

"得等 3 个小时,等涨潮时才行。"

"那就等吧!"菲利亚·福格平静地回答说,心中有着一种要再次与厄运相搏斗的崇高精神在涌现,但脸上并未流露出来。

的确,昆斯敦是爱尔兰海岸的一个港口,从美国来的远洋轮船在此地卸下邮件袋。这些邮件通过随时待发的快车运往都柏林。从都柏林再用快船运到利物浦,这样一来,就比海运公司最快的船也要快 12 小时。

从美国来的邮件如此这般节省下来的 12 个小时,菲利亚·福格也打算赚回来。他乘"亨里埃塔号"得第二天晚上才能到达利物浦,现在他第二天中午就能赶到,这样他就来得及在晚上 8 点 45 分到达伦敦了。

午夜 1 点光景,"亨里埃塔号"乘涨潮驶进昆斯敦港。斯皮迪船长用力地握了握菲利亚·福格的手,后者便告别了留在空壳船上的船长。可这空壳船也值他卖价的一半。

4个旅客立即下了船。菲克斯此刻极想逮捕福格先生。可是他没有下手！为什么？他心里现在在进行什么样的斗争？难道他又站到了福格先生的一边了？难道他终于明白过来，是他自己搞错了？不过，他仍旧寸步不离福格先生。他跟着福格先生，跟着爱乌达夫人，跟着连喘气的工夫都没有的"万事达"，于凌晨1点30分，在昆斯敦上了火车，天刚破晓时抵达都柏林，又立即上了一艘快船——真正的钢梭，全部机器装置，能在浪尖上若无其事地飞驰，平稳地穿过海峡。

12月21日，中午11点40分，菲利亚·福格终于踏上了利物浦码头。到伦敦只需6个小时了。

可是，就在这时候，菲克斯走上前来，手搭在菲利亚·福格肩上，把逮捕令拿给他看，说：

"您就是菲利亚·福格？"

"是的，先生。"

"我以女王的名义逮捕您！"

第三十四章
"万事达"说了一句从未有人说过的俏皮话

　　菲利亚·福格被抓了起来。他被关在利物浦海关大楼的警卫室里，得在那儿过上一夜，等着押往伦敦。

　　在抓他的时候，"万事达"曾想向警探菲克斯扑过去。几个警察把他拉住了。爱乌达夫人被这突如其来的事情给吓蒙了，不知出了什么事，一点儿也弄不明白。"万事达"把情况讲给她听。福格先生，这么一个正直而勇敢的绅士，她的救命恩人，竟被当成小偷抓起来了。年轻女子对这么武断的做法表示抗议，她的心气得发颤，当她发现自己无能为力，救不了自己的救命恩人时，眼泪夺眶而出。

　　至于菲克斯，他抓了绅士，因为他的职责命令他抓他，不管福格先生是否有罪，这事将由法律来裁决。

　　这时候，"万事达"有了一个想法——那个可怕的想法：他"万事达"肯定是所有这一切不幸的根源！的确，他为什么要向福格先生隐瞒这桩怪事呢？当菲克斯向他透露其警探身份及其所负使命的时候，他为什么要自作主张，一点儿也不告诉自己的主人呢？主人要是早知道的话，势必就会向菲克斯证明自己是无辜的；他会向菲克斯指明他搞错了的；不管怎么说，他反正不会替这个倒霉的警探出差旅费，让他一门心思地等他一踏上联合王国的土地就把他给抓起来的。可怜的小伙子想着自己的过错，想着自己的马虎，真是懊悔万分。他哭了，哭得可伤心了。他真恨不得一头撞死算了！

爱乌达夫人和"万事达"不顾寒风凛冽，就待在海关的列柱廊下。他俩谁也不愿离开，都想再看一眼福格先生。

至于这位绅士，他是彻底地完蛋了，而这又正好是在他眼看就要大功告成的时候。这么一抓，他就不可挽回地垮了。他 12 月 21 日中午 11 点 40 分到达利物浦，离晚上 8 点 45 分出现在改良俱乐部的规定时间还有 9 小时 45 分呢，而他只需 6 个小时就可以赶到伦敦的。

此时此刻，要是谁闯进海关警卫室的话，就会看到福格先生一动不动地坐在一条长木椅上，镇定自若，不气不恼。虽不能说他是听天由命，但这最后的一击至少从表面上看，并未能使他惊慌失措。他是不是憋着一肚子的火，一肚子可怕的火，要到最后一刻才爆发出来，让人措手不及？这可没人知道。反正菲利亚·福格人就在那儿，安安静静地在等待着……怎么？他是不是还心存希望？当警卫室的门关上之后，他还相信自己能够成功？

不管怎么说，反正福格先生小心翼翼地把表放到一张桌子上，看着表针在走动。他一声不吭，目光却凝视着，一动不动。

总而言之，情况是糟糕透了。谁若是看不透福格先生的心思，准会这么去下结论：

菲利亚·福格若是正直的人，他可是全完了。

他若是个不老实的人，他反正也给抓起来了。

他此刻是不是想到逃跑？他想没想去查看一下这间警卫室有没

有一条可以逃跑的道？他想逃跑吗？人们很可能这么以为，因为他曾经在这间屋子里兜过一圈。可是，屋门关得紧紧的，窗户上都装着铁栅栏。于是，他走回来坐下，从皮夹子里取出旅行计划表来，上面最后一行写着：

"12月21日，星期六，到利物浦。"

他又添上了一句：

"第80天，上午11点40分。"

然后，他就这么等着。

海关大楼钟敲1点。福格先生看了一下，自己的表快了两分钟。

钟敲2点了！假如他此刻就搭上一趟快车的话，那他还能在晚上8点45分之前赶到伦敦，赶到改良俱乐部。他的眉头微微有点儿蹙起来……

2点33分，外面传来一阵声响，一阵开门的晃当声。他听见"万事达"的声音，又听见菲克斯的声音。

菲利亚·福格的眼睛闪亮了一下。

警卫室的门开了，他看见爱乌达夫人、"万事达"、菲克斯向他冲过来。

菲克斯喘得透不过气来，头发蓬乱成一团……他连话也说不上来了！

"先生，"他结结巴巴地说，"先生……对不起……真可悲，因为有一个小偷很像您……这小偷3天前就被抓起来了……您……自由了！……"

菲利亚·福格自由了！他走近菲克斯，目不转睛地盯着他看。忽然，他做了一个飞快的（他从未做过、也许这辈子他都不会再做的）动作：他把双臂迅速收回，照准倒霉的警探就是两拳。

"打得好！""万事达"嚷叫道，然后，他说了一句只有一个法国人才说得出来的尖酸刻薄的俏皮话，"嗨！这才叫一记漂亮的英国拳！"

　　菲克斯被打翻在地，一声未吭。他这是自作自受。福格先生、爱乌达夫人、"万事达"立即离开海关大楼，冲上一辆马车，只几分钟工夫，便赶到了利物浦火车站。

　　菲利亚·福格打听是否有马上开往伦敦的快车……

　　现在是2点40分……快车已经开出35分钟了。

　　于是，福格先生便想租个专列。

　　站上是有好几辆快速机车，但是，按照铁路规章，3点前不能发专列。

　　3点钟。菲利亚·福格跟司机说了几句，许给他一笔赏银，于是便带着年轻女子和他忠实的仆人乘车奔向伦敦去了。

　　必须在5个半小时内跑完利物浦到伦敦的这段距离。如果全线铁路畅通无阻的话，这是能办到的。可是，一路上还是被迫停了几次，所以，当绅士到达伦敦火车站的时候，伦敦的所有大钟都指在8点50分了。

　　菲利亚·福格完成了环游地球之行后，晚了5分钟回到了伦敦！……

　　他输了。

第三十五章
"万事达"立即执行主人的命令

第二天，要是有人告诉萨维尔街的居民们说，福格先生已经回到家了，他们准会大吃一惊的。门、窗全都紧闭着。从外表上看，一点儿变化也没有呀。

的确，离开火车站之后，菲利亚·福格便叫"万事达"去买点食物，自己则先回到家里。

这位绅士以自己固有的冷静经受了这个打击。全完了！都怪那个笨蛋警探！在这漫长的旅途中，他坚定地向前迈进，克服了千难万险，渡过了重重难关，一路上还找机会做了一点儿好事，可是，就在眼看要胜利的时候，却在利物浦码头遇上那个倒霉事。这是他万万没有想到的，弄得他束手无策。结果真是太可怕了！他临行前随身携带的大笔钱款，只剩下不多的几个子儿了。他的全部财产就只有那存在巴林兄弟银行的 2 万英镑了。而这 2 万英镑还得付给改良俱乐部同他打赌的会友。一路上花去了那么多的钱，即便是这次打赌赢了，他肯定也赚不了什么。不过，可能他也不是为了发财才打这个赌的，因为他是那种为了荣誉而打赌的人。但是，这次打赌一输，可就把他给全毁掉了。再说，这个绅士的主意已定。他知道自己接下来该干的是什么。

萨维尔街住所的一间房间已经为爱乌达夫人安排好了。年轻女子非常沮丧。从福格先生说的一些话里，她听出了他正在思考着某种不祥的计划。

的确，大家都知道，像他这样的一些性格怪僻的英国人，一旦钻进牛角尖，就会采取多么悲惨的极端措施的。因此，"万事达"表面上装着若无其事，实际上却在随时注意着主人的一举一动。

不过，起先，正直的小伙子还是先上到楼上自己的房间里，把烧了80天的煤气先关上了。他在信箱里发现了煤气公司的一张账单，寻思该立即终止由他支付的这笔费用了。

这一夜过去了。福格先生躺下睡了，但他睡着了吗？至于爱乌达夫人，她一夜未能合眼。而"万事达"则像一条狗似的守在主人的房门前。

第二天，福格先生把"万事达"叫来，简单两句，吩咐他去伺候爱乌达夫人用午餐。而他自己则只要了一杯茶和一片烤面包片。爱乌达夫人根本就不怪他不来陪她吃午餐和晚餐，因为他要用全部时间处理他的事务。他不会下楼来了。只是到了晚上，他请求爱乌达夫人允许他同她谈一会儿。

"万事达"把这一天的安排传达到了，现在照着办就是了。他看着始终冷静如常的主人，下不了狠心离开主人的房间。他心情沉重，内心充满了歉疚，因为他此刻更加怪罪自己所造成的这个无法弥补的祸事。是的！要是他早点把真相告诉福格先生的话，要是他把警探菲克斯的计划透露给主人的话，福格先生肯定不会把菲克斯一直带到利物浦的，那么……

"万事达"控制不住激动的心情了。

"我的主人！福格先生！"他嚷叫道，"诅咒我吧。都怪我才……"

"我不责怪任何人，"菲利亚·福格以极其冷静的语气回答说，"去吧。"

"万事达"离开主人的房间，来见年轻女子，把主人的意愿转告了她。

"夫人，"他又说道，"我自己是无能为力了！我对主人的想法一点儿作用也起不了。您也许……"

"我能起什么作用呢？"爱乌达夫人回答说，"福格先生是不受任何人左右的！他可曾明白我对他感激到了无以复加的程度！他可曾看透我的心！……我的朋友，千万别离开他，一刻也别离开。您说他表示今晚想同我谈谈？"

"是的，夫人。想必是要谈谈在英国如何帮助您。"

"咱们等着看吧。"年轻女子回答着，陷入了沉思。

就这样，在星期日这一天里，萨维尔街的这座房屋就好像没人住着似的，而且，自打菲利亚·福格住到这里以来，当议院塔楼上钟敲 11 点 30 分时，这还是他第一次没到俱乐部去。

这位绅士还去俱乐部干什么？他的会友们不再会在那儿等他了。既然头一天，12 月 21 日星期六命定的这一天的晚上 8 点 45 分，菲利亚·福格没有在改良俱乐部的客厅里露面，他的赌就打输了。他甚至没有必要到巴林兄弟银行去取他那笔 2 万英镑的款子。与他打赌的会友们手里拿着他签好字的一张支票，只要随便捎句话给巴林兄弟银行，那 2 万英镑就转到他们的账户上去了。

因此，福格先生没有必要出门，他也没有出门。他待在自己的房间里，在整理自己的东西。"万事达"在萨维尔街的住所里，楼上楼下地跑着。这个可怜的小伙子觉得时间好像停滞了。他贴在主人的房门上听听，生怕自己稍有疏忽会酿成大祸！他从锁孔里朝里边望着，他觉得自己有责任这么做！"万事达"时刻都在提心吊胆，就怕出什么大祸。有时候，他在想菲克斯，但是他脑子里对菲克斯的看法有所改变。他不再怨恨这个警探了。菲克斯同所有的人一样，都有错怪菲利亚·福格的时候。他跟踪菲利亚·福格，逮捕菲利亚·福格，这都是在尽自己的职责，而他"万事达"……这么一想，他简直痛苦不堪，认为自己是天字第一号的混蛋。

最后，"万事达"觉得一个人待着实在太难受了，便去敲爱乌达夫人的门。他走进了她的房间，在一个角落里坐下，一声不响，只是看着一直在沉思默想的年轻女子。

约莫晚上7点半钟的时候，福格先生让"万事达"去问一下爱乌达夫人，她是否能见一见他。不一会儿，年轻女子和福格先生两人单独地待在了爱乌达夫人的房间里。

菲利亚·福格拿过来一把椅子，面对爱乌达夫人，靠近壁炉坐下。他的脸上没有流露出任何惊慌不安来。归来后的福格同出发前的福格一模一样，一样地镇定自若，一样地不动声色。

他一言不发地待了5分钟。然后，他抬起头来看着爱乌达夫人说：

"夫人，您能原谅我把您带到英国来了吗？"

"我，福格先生！……"爱乌达夫人压制着心跳回答说。

"请允许我把话说完，"福格先生接下去说，"当我考虑把您远远地带离那个对您来说极其危险的地方时，我是富有的，我当时打算把我的一部分财产供您使用。您的生活本会是幸福的、自由的。可现在，我破产了。"

"这我知道，福格先生，"年轻女子回答道，"可现在该轮到我来问您了：您是否能原谅我这么一直跟着您，而且，谁知道呢，也许还因此耽误了您，才导致您破产的？"

"夫人，您是不能留在印度的，而且，如果您不逃得远远的，让那帮狂热之徒抓不着的话，您的安全就没有保障。"

"这么说来，福格先生，"爱乌达夫人又说，"您并不是只想把我从可怕的死亡中搭救出来，而且还认为必须让我在国外能安身立命？"

"是的，夫人，"福格回答，"但情况逆转，对我不利。不过，我还剩些钱，请您允许我为您安排使用。"

"那您呢，福格先生？您自己怎么办？"爱乌达夫人问。

"我嘛，夫人，"绅士冷冷地回答，"我什么都不需要。"

"那么，先生，您如何看待等待着您的命运？"

"该怎么样就怎么样吧！"福格先生回答道。

"不管怎么说，"爱乌达夫人说，"贫困是不会危及像您这样的人的。您的朋友们……"

"我没有任何朋友，夫人。"

"您的父母……"

"我没有父母了。"

"那我很替您伤心，因为孤独是件凄惨的事。怎么！难道没有一颗心可以让您倾吐悲伤的吗？人们常说，两颗心在一起，贫困还是可以忍受的！"

"大家都这么说，夫人。"

"福格先生，"于是，爱乌达夫人就说，她站了起来，把手伸给绅士，"您愿意让我既当您的亲戚又当您的朋友吗？您愿意让我做您的妻子吗？"

　　福格先生闻听此言也站了起来。他的眼睛里闪过一道不同寻常的光芒，嘴唇频频颤动。爱乌达夫人看着他。一位敢于献出自己的一切去搭救救命恩人的崇高女性，这种美好的目光中透出真诚、正直、坚贞和温柔，先是让他惊讶不已，继而令他内心大动。他闭了一会儿双眼，仿佛不让那目光继续往深处穿透似的……当他重又睁开眼睛时，他简单地说道：

　　"我爱您！是的，真的，我发誓，我爱您，我整个儿地属于您！"

　　"啊！……"爱乌达夫人手捂住胸口大声地说。

　　福格先生按铃叫"万事达"，他立即跑来了。福格先生手里还攥着爱乌达夫人的手。"万事达"一看就明白了，宽阔的脸上喜气洋洋的，宛如热带地区天空中的一轮红日。

　　福格先生问他，去通知一下玛丽—勒波尼教区的塞缪尔·威尔逊神甫是否太晚了点儿。

　　"万事达"甜甜地笑着说："从来没什么太晚的。"

　　刚8点零5分。

　　"那就定在明天，星期一！""万事达"说。

　　"明天，星期一行吗？"福格先生看着爱乌达夫人问道。

　　"明天，星期一，好！"爱乌达夫人回答道。

　　"万事达"飞快地跑出去了。

第三十六章
"福格股票" 在市面上又成了抢手货

12 月 17 日,一个名叫詹姆斯·斯特兰德的真正偷盗国家银行的窃贼在爱丁堡被捕获。消息传来,联合王国舆论的变化是有必要在此加以叙述一番的。

3 天前,菲利亚·福格还是一名被警方穷追不舍的罪犯,可现在,却成了最正直的绅士,而且还完成了他那荒诞不经的环游地球之行。

报纸上成篇累牍地报道着,举国上下都在谈论着!以前那些为他环游成败而打赌的人,本来早就把这事忘得一干二净了,现在却像着了魔似的又争论起来。所有的打赌交易又变得有效了,所有的赌契又活泛了,而且,必须指出,打赌的劲头更加大了。"菲利亚·福格股票"在交易市场上又成了抢手货。

改良俱乐部里福格先生的那 5 位会友,这 3 天可是过得并不轻松。他们已经忘到九霄云外的这个菲利亚·福格,又出现在他们的眼前！他现在在哪儿？到12月17日，詹姆斯·斯特兰德被捕获的那一天，菲利亚·福格已经走了有76天了，一直都没有关于他的消息！他是不是死了？是不是认输了！还是在按说定的路线继续行进？到12月21日星期六晚上8点45分，他会不会像一位精确之神一样出现在改良俱乐部的客厅里？

这3天，英国上流社会的这帮人是如何惶惶不安地度过的，真是一言难尽。有人发了不少电报去美洲和亚洲，打听菲利亚·福格的下落！有人还专门派人从早到晚地监视萨维尔街的那幢房子……但是，一点儿消息也没有。警方也不知道那个愚蠢地盯上一个假窃贼的菲克斯警探的下落。尽管如此，就菲利亚·福格的成败的赌却打得更加范围广大。菲利亚·福格就像一匹赛马，在跑最后一个弯道了。买他赢的赌注已不再是原先的1赔100了，而是1赔20，1赔5，而瘫痪的老阿尔比马尔勋爵，则是1赔1了！

因此，星期六的晚上，帕尔—马尔街及其相邻的街道上，人头攒动，好像是密密麻麻的一大群经纪人在改良俱乐部安营扎寨了似的。交通断绝了。人们在讨论着，在争论着，在叫喊着"菲利亚·福格股票"的牌价，就像在炒卖其他英国股票一样。警察费了九牛二虎之力也难以维持住秩序。随着菲利亚·福格应该到来的时刻的迫近，群情更加激越得难以想象。

那天晚上，福格先生的那5位会友，从上午9点起就聚在改良俱乐部的大客厅里了。两位银行家（约翰·沙利文和塞缪尔·法伦丹）、工程师安德鲁·斯图尔特、英国国家银行董事戈蒂埃·拉尔夫和啤酒批发商托马斯·弗拉纳根全都焦虑不安地在等待着。

当大客厅的钟指到8点25分的时候，安德鲁·斯图尔特站起身来说：

"先生们，再过20分钟，菲利亚·福格先生同我们约定的时间就到了。"

"利物浦来的最后一趟车几点到站?"托马斯·弗拉纳根问。

"7 点 23 分,"戈蒂埃·拉尔夫回答说,"而下一趟得 0 点 10 分才到。"

"好,先生们,"安德鲁·斯图尔特说道,"如果菲利亚·福格乘上 7 点 23 分到站的火车,那他现在已经在这儿了。因此,我们可以认为我们已经赢了。"

"再等等,先别忙说,"塞缪尔·法伦丹答道,"你们是知道的,我们的那个会友是天字第一号的怪人。他在一切事情上都是有名的一点儿不差的。他从不到得太迟也不到得太早,他如果在最后一分钟到这儿,我也不会太惊奇的。"

"可我,"同往常一样非常神经质的安德鲁·斯图尔特说,"我倒要看看,我根本就不相信。"

"的确,"托马斯·弗拉纳根说,"菲利亚·福格的计划是疯狂的。不管他是如何的精确,但他无法阻止一些不可避免的延误的发生,而只要出现两三天的耽搁,就足以危及他的旅行计划。"

"再说,你们都会注意到的,"约翰·沙利文补充道,"我们没有得到有关我们那位会友的任何消息,而在他的旅行途中,电报局可有的是。"

"他输了,"安德鲁·斯图尔特又说,"他输定了!再说,你们也知道,'中华号'——他若按时到达利物浦所必须搭乘的唯一的纽约的轮船——昨天就到了。可《航运报》公布的旅客名单在这儿,上面没有菲利亚·福格的名字。就算我们的会友运气再好,他现在顶多是在美洲!我估计他要比预定日期晚至少 20 天,那个阿尔比马尔老勋爵的 5000 英镑赌注也将泡汤了!"

"这是显而易见的了,"戈蒂埃·拉尔夫回答说,"明天,我们只需把福格先生的支票往巴林兄弟银行一交就行了。"

这时候，客厅的钟敲响 8 点 40 分。

"还有 5 分钟了。"安德鲁·斯图尔特说。

5 个会友互相注视着。大家可以相信，他们的心跳有所加快，因为，即使对于赌场老手来说，赌注也是非常大的！可是，他们都不愿意有任何的流露，所以，根据塞缪尔·法伦丹的提议，他们在一张牌桌前坐下来了。

"即使有人给我 3999 英镑，我也不会出让我的那份 4000 英镑赌份儿！"安德鲁·斯图尔特边坐下边说。

此刻，钟的指针指在了 8 点 42 分上了。

打牌的人已经拿起了牌来，但是，他们的目光一刻也没离开那只钟。可以肯定，不管他们怎么认为胜券在握，但他们从未觉得钟的指针走得那么慢！

"8 点 43 分！"托马斯·弗拉纳根一边倒戈蒂埃·拉尔夫递过来的牌一边说。

然后，一片寂静。俱乐部的大客厅里安静极了。可是，外面却传来人群的阵阵喊叫声，不时地还冒出一声声尖叫。钟摆精确匀速地摆动着，打牌的人清晰地听着那震动他们耳鼓的钟摆声。

"8 点 44 分！"约翰·沙利文说，声音可以让人感觉出有一种不由自主的激动来。

再过一分钟，就赢了。安德鲁·斯图尔特及其牌友不玩了。他们已经把牌放下了！他们在数秒！

40 秒时，不见人来。50 秒时，仍不见人影！

55 秒时，只听见外面有如炸雷，鼓掌声、呼喊声，甚至还有咒骂声，经久不息。

几位牌友站了起来。

57 秒时，客厅的门开了。钟摆还没摆到 60 秒，菲利亚·福格出现了，身后跟着疯狂的人群，他们冲进俱乐部的门里来。福格先生用他那平静的声音说道：

"先生们，我来了。"

第三十七章
菲利亚·福格除了幸福而外，
在这次环游地球中什么也没得到

没错儿！正是菲利亚·福格。

大家记得，晚上8点零5分，亦即他们回到伦敦之后将近25个小时，"万事达"奉主人之命去通知塞缪尔·威尔逊神甫，请他来主持第二天举行的一个婚礼。

"万事达"高高兴兴地去了。他一路小跑地奔向塞缪尔·威尔逊的住处，可后者尚未归来。当然，"万事达"就在那儿等着，足足等了至少有20分钟。

总之，当他从神甫家出来时，已经是8点35分了。瞧他都成了什么模样儿了！头发乱糟糟的，没有戴帽子，他跑呀跑呀，简直从未见过有跑得这么快的人。他像一阵风似的在人行道上猛跑，撞倒了不少行人！

只3分钟工夫，他便回到了萨维尔街的主人家，上气不接下气地跌进福格先生的房间里。

他说不出话来。

"怎么回事儿?"福格先生问。

"主人……""万事达"结结巴巴地说,"婚礼……不可能。"

"不可能?"

"不可能……在明天。"

"为什么?"

"因为明天……是星期天!"

"是星期一!"福格先生回答。

"不……今天……是星期六。"

"星期六?不可能!"

"就是,就是,就是,就是!""万事达"嚷道,"您弄错了一天!我们提前24小时到了……可现在只剩下10分钟了……"

"万事达"一把抓住主人的衣领,力大无穷地拉起主人就跑。

菲利亚·福格被这么拉着,来不及思考,就离开了屋子,跳上一辆马车,许给车夫100英镑。一路之上,马车轧死了两条狗,撞了5辆车,终于到了改良俱乐部。

当他出现在大客厅时,时钟正指在8点45分……

菲利亚·福格用80天完成了这次环游地球!……

菲利亚·福格赢了2万英镑!

现在要弄明白的是,这么精细、这么小心的一个人,怎么会把日子搞错了呢?他在伦敦下车时,是12月20日,星期五,离他出发仅仅79天,他是怎么错以为是12月21日星期六的晚上的呢?

这个错其实很简单,原因是这样的:

菲利亚·福格在行程中"不知不觉地"赚了一天时间。这纯粹是因为他是向东走的,要是他朝西反道而行,那就会损失掉一天的。

　　的确，菲利亚·福格朝东走，是迎着太阳走的，因此，他每向东走过一条经线，就会提前 4 分钟。而地球共分 360°，用 4 分钟来乘这 360°正好是 24 小时，也就是菲利亚·福格不知不觉地赚到的这一天时间。换句话说，当菲利亚·福格在朝东走的过程中，看到 80 次日出的时候，他的会友们待在伦敦，只看到 79 次。因此，这一天是星期六，而不是福格先生以为的星期日，他的会友们才在改良俱乐部的客厅里等着他的归来。

　　要是"万事达"的那只始终按伦敦时间走的宝贝表能像表示几点几分一样地表示几月几日的话，那就不会出这个差错了！

　　因此，菲利亚·福格赢了那 2 万英镑。可是，因为他一路上花了将近 1.9 万英镑，所以赢的钱少得可怜。不过，我们已经说了，古怪的绅士打这个赌只是为了争口气，而不是为了钱。而且，就连剩下的那 1000 英镑，他也让"万事达"和叫他也没法责怪的倒霉的菲克斯拿去分了。不过，他照章办事，扣去了"万事达"因疏忽而白白烧掉的 1920 个小时的煤气费。

　　就在这一天的晚上，福格先生同往常一样沉着冷静，一样声色不动地对爱乌达夫人说：

　　"那桩婚事您觉得对您仍旧合适吗，夫人?"

　　"福格先生，"爱乌达夫人回答道，"这个问题应该是我来问您的。您原先破产了，现在又富有了……"

　　"请您原谅我，夫人，这财富是属于您的。如果您没考虑这桩婚事，我的仆人也就不会去找塞缪尔·威尔逊神甫，那我也就不知道自己搞错了日子，那……"

　　"亲爱的福格先生……"年轻女子说。

　　"亲爱的爱乌达……"菲利亚·福格回答道。

　　大家都清楚，婚礼 48 小时之后举行了。仪表堂堂、心花怒放、容光焕发的"万事达"作为年轻女子的证婚人出席了婚礼。难道不是他救了她？难道这份荣耀不该属于他？

只是，第二天，天刚一亮，"万事达"便拼命地去敲他主人的房门。

房门开了，冷静的绅士出现了。

"什么事，'万事达'？"

"是这么回事，先生！我刚刚发现……"

"发现什么？"

"我们只需用 78 天就能环游地球。"

"那当然，"福格先生回答说，"无需穿越印度。但是，如果我不穿越印度，我就救不了爱乌达夫人，她也就不会成为我的妻子，那……"

说完，福格先生轻轻地关上了门。

菲利亚·福格打赌就这么赢了。他用 80 天的时间完成了环绕地球的旅行！为了这次旅行，他动用了一切交通工具：轮船、火车、帆船、游艇、商船、雪橇、大象。旅途上，这位古怪的绅士施展了他冷静、精确的优秀才华。不过，话说回来，他在这次旅行中到底赢得了什么？他从这次旅行中带回了什么？

有人会说，什么也没有吧？是什么也没有，除了一位美丽动人的女子而外。不管这可能显得不像真的，反正这女子使他成了世界上最最幸福的人！

事实上，光为了这个，难道人们还不该环游地球吗？